내가
만드는
엔딩

서화교 장편소설

낮은산

차례

춤을 춘다. 춤을 추는 건 내가 아니다. 스마트폰에서 튀어나온 낱자와 단어가 내려갔다 올라갔다 몸을 꼬고 비튼다. 군무처럼 무리를 짓거나 하나만 동동 떠서 춤을 출 때도 있다.

"그만, 그만해."

나의 저항에도 아랑곳하지 않고 춤은 폭풍처럼 몰아쳤다. 어지럽고 속이 메슥거렸다.

아빠가 지금 내 모습을 본다면 어떨까. 헐렁한 회색 티에 검정색 반바지를 입은 아빠 얼굴을 떠올리기가 쉽지 않다. 눈, 코, 입, 눈썹의 개별적인 모양은 생각나는데 하나로 어우러지지 않았다. 퍼즐을 맞추듯이 찾는 즉시 제자리에 넣어 봐도 눈, 코, 입이 순서를 바꿔 가며 얼굴에서 이탈했다. 어

5

이가 없고 기가 막힐 뿐 화도 나지 않는다.

"하아, 아빠, 이생망 알지, 이생망. 나는 확실하게 이번 생은 망했어. 아빠 때문에."

우리나라에서 하루에 800명도 넘는 사람이 죽는다고 한다. 그 사람들 중에 아빠가 포함됐다. 질병이나 사고였다면 죽음을 슬퍼하며 아빠를 그리워했을지 모른다. 불행하게도 아빠의 죽음은 자연사나 병사가 아니다. 김소연 씨의 남편이자 나 오재윤의 아빠 오민석 씨는 46세의 나이에 스스로 생을 마감했다.

들어줄 리 없지만, 아빠가 죽은 날부터 지금까지 하고 싶은 말은 단 하나다.

"어떻게 나한테, 이럴 수가 있어?"

1
말도 안 되는 어둠

1

"너 어떡해?"

세경이가 뭘 말하는지 뻔하다. 남자 친구 상우가 아이돌 오디션 프로그램에 나갔다. 금방 떨어질 거라고 생각했는데 생각보다 선전하고 있다. 어쩌면 최종 열세 명 안에 들지도 모른다.

"되면 끝이다, 끝. 카메라 샤워하고 그러면 우리랑은 하늘과 땅, 우주와 먼지 차이."

"내가 하늘 또는 우주지?"

장난스럽게 턱받침을 하고 눈을 깜박였다.

"우와, 이 자신감. 유 윈!"

세경이가 엄지를 들어 보였다.

상우 여자 친구로 애들한테 받는 관심이 나쁘지 않다. 텔레비전에 나와 춤추고 노래하는 상우는 내가 알던 것보다 훨씬 멋졌고 상우 덕분에 나까지 꽤 괜찮은 아이로 포장된 느낌이다.

"재윤아! 오재윤!"

1교시 시작종이 울리기 전에 담임이 급하게 나를 찾았다. 눈에 띄게 허둥거리는 담임을 보자 불길했다. 요양병원에 계신 할아버지 일일 거라고 지레짐작했다.

세경이 도움을 받아 가방을 챙긴 뒤 담임과 교실을 나섰다. 아무것도 묻지 않았고 담임도 아무 말 하지 않았다. 그런데 담임이 데려다주겠다고 했다. 이상하긴 했지만, 오지랖이 넓은 것으로 생각했다.

눈물이 안 나오면 어쩌나 그런 생각을 하는 사이 병원 장례식장에 도착했다. 차에서 내린 담임이 내 손을 잡아끌었다. 여자애들이 다쳤을 때도 신체 접촉은 최대한 피하는 담임이었다.

엘리베이터를 타고 지하 2층에 내린 뒤 담임은 몇 번이나 입을 달싹이다 말을 꺼냈다. 그 순간 신기하게 세상의 모든 소리가 사라졌다. 담임이 하는 말이 안 들려서 손을 저었다가 시선을 담임 입에 맞추고 입 모양이 어떻게 움직이는지 살폈다.

담임은 '아빠'라고 말했다. 이해가 안 돼서 눈을 몇 번 깜박인 뒤 다시 눈을 맞추는데 담임은 한사코 내 눈을 피했다.

"재윤아아아아!"

소리가 들렸다. 이모였다. 수많은 소리가 엉켰다. 나는 담임한테서 자연스럽게 이모한테로 인계되었다.

아빠 이름 밑에 엄마와 내 이름이 적혀 있는 곳으로 가자 중앙에 아빠 사진이 있었다. 거실에서 보던 아빠 사진을 장례식장에서 만날 줄은 정말 몰랐다. 엄마는 넋이 나간 표정으로 앉아 있었는데 엄마한테 갈 수 없었다. 엄마를 껴안고 울기라도 하면 아빠의 죽음을 인정하는 것 같아 나도 모르게 뒷걸음쳤다. 이모가 내 손을 잡지 않았다면 장례식장을 뛰쳐나갔을지 모른다.

빈소 옆 작은 방에서 검은색 한복으로 갈아입는데, 한복을 전해 주는 이모의 턱과 입술이 쉴 새 없이 떨렸다.

혼자 앉아 있던 엄마가 나를 보고 일어났고 누가 먼저였는지 모르지만 손을 맞잡았다. 축축하게 배인 습기와 떨림을 깨닫는 순간 거대한 검은 장막이 우리를 덮은 것 같았다.

엄마와 나는 세상에서 고립되었고 두렵고 무섭고 슬펐다.

울다가 잠들고, 또 울다가 잠들고. 그 사이에 밥이 끼어들었고 어떤 날은 울다가 먹고, 또 어떤 날은 먹다가 울었다. 어릴 때부터 함께 살았던 이모할머니는 열심히 삼시 세끼를 챙겼고, 울음이 잦아들고 정신이 들면서 슬픔 말고도 원망, 분노 같은 감정이 끼어들기 시작했다.

똑똑.

얼른 몸을 벽 쪽으로 돌렸다. 노크하는 사람은 엄마다. 엄마는 초등학교 3학년 때부터 노크했다. 이모할머니는 노크 대신 이름을 부르면서 문을 연다. 그리고 아빠는 '재윤아'라고 부른 뒤 노크를 두 번 했다.

"학교 안 가."

예전 같았으면 상상도 못 할 말이다. 버르장머리 없는 말투와 태도는 엄마가 성적 떨어지는 것 못지않게 싫어하는 것이다. 쉴 새 없는 잔소리에 시달리느니 말과 행동 모두 적당한 범위 안에서 움직이는 게 편했다. 하지만 이제는 그럴 필요가 없다. 아빠가 상상도 못 할 일을 한 마당에 대수로울 일이라고는 하나도 없다.

"학교 가라고 안 해. 휴학을 하든 자퇴를 하든 하고 싶은 대로 해."

엄마 역시 상상도 못 한 말을 내뱉었다. 몸을 돌리고 침대에서 일어나 앉았다. 엄마는 어떤 감정도 실리지 않은 고요한 얼굴이었다. 눈에 띄는 흰머리와 눈 밑이 움푹 꺼진 얼굴이 현재가 아닌 미래의 엄마 얼굴처럼 보였다.

엄마가 손을 뻗어 내 머리를 만지려고 할 때 무의식적으로 엄마 손을 걷어 냈다. 허공에서 주춤거리는 손을 보고 바로 후회했지만 어쩔 수 없다.

"같이 갈 데가 있어. 얼마 안 걸려."

엄마 입에서 자퇴해도 된다는 말까지 나온 이상 엄마가 원하는 일이 뭔지 모르지만 들어줘야 한다. 기브 앤 테이크. 엄마와 나 사이는 언제나 그랬다. 시험을 잘 보면 콘서트에 가거나 찜질방에 가거나 하는 사소한 거였지만.

소파에 엉덩이를 걸치고 있던 이모할머니가 나를 보자 벌떡 일어났다.

"에고 우리 재윤이, 얼굴이 반쪽이 됐네……."

이모할머니는 맛있는 음식을 만들어 먹이는 것으로 애정 표현을 한다. 지금 이모할머니가 얼마나 애타는지 한눈에 알 수 있었다. 걱정스러운 듯 나를 보는 이모할머니를 향해 웃어 보이려 했지만 '아빠가 죽었는데 웃어도 되나?' 하는 생각이 들어 그만뒀다. 엄마는 벌써 현관에서 신발을 신고 있었다.

엘리베이터를 탄 뒤 엄마한테서 뚝 떨어져 안쪽 구석에 자리를 잡고 바닥만 내려다봤다. 발목까지 오는 엄마의 긴 치마가 눈에 들어왔다. 학원 원장인 엄마는 평소에 무릎을 살짝 덮는 치마에 딱 떨어지는 재킷을 즐겨 입었다.

거저 줘도 안 입을 갈색 치마에 검은색 카디건을 걸치고 에코백을 든 엄마를 보자 짜증이 났다. 나도 운동복 차림으로 그냥 나오려다가 청바지에 셔츠를 입었다. 엄마 옷차림은 자신의 불행을 고스란히 드러내고 있었다.

엘리베이터가 7층에서 멈췄다. 문이 열리는데 7층 아줌마가 우리를 보더니 멈칫했다. 이모할머니한테 아이를 봐 달라고 시도 때도 없이 말하던 아줌마였다. 눈으로 인사한 아줌마는 문 앞에 바짝 붙어 있다가 1층에 도착하자마자 잰걸음으로 나갔다. 후 하고 숨을 내뱉는 소리가 크게 들렸다.

경비 아저씨와 어정쩡하게 인사를 나눈 뒤 엄마 뒤를 따라갔다. 치마 사이로 언뜻 비치는 엄마 발목을 보다가 양말이 짝짝이라는 것을 알았다. 진한 회색과 그냥 회색이었다. 예전 같으면 웃고 넘겼을 일인데 이제는 웃을 수가 없다. 엄마가 초라하고 불쌍해 보였다. 목이 간질거려서 시선을 얼른 다른 곳으로 옮겼다.

5년 가까이 살고 있는 동네 풍경이 낯설기만 했다. 놀이터를 지나 중앙 상가 쪽으로 가는 엄마 발걸음이 눈에 띄게 느려졌다. 답답했지만 곳곳에 나무와 꽃이 있어서 참을 만했다.

엄마 발걸음이 드디어 멈췄다. 주민 센터였다. 엄마는 빈 의자에 가서 앉더니 나보고 손짓했다. 나도 옆에 앉았다. 엄마는 에코백에서 투명 파일에 든 서류를 꺼냈다. 잠시 눈으로 훑던 엄마가 나한테 서류를 넘겼다.

사망신고서였다.

"하아."

사람이 태어나면 신고를 한다는 것은 알았지만 죽어도 신고를 해야 한다는 것은 방금 깨달았다. 아빠의 이름과 주소, 사망 장소, 신고인의 이름과 주소, 자격까지는 그렇다 해도 사망자의 최종 졸업 학교가 고등학교인지 대학교인지, 아니면 대학원인지까지 왜 적어야 하는지 모르겠다. 모든 항목에 엄마 글씨가 또박또박 단정하게 적혀 있고, 체크 표시인 V까지 찍어 낸 듯이 일정했다.

사망신고서를 몇 번이나 훑고 나서도 엄마한테 돌려주지 않았다. 엄마가 왜 나를 이곳에 데려왔나 하는 원망은 안 들었다. 사망신고서는 아빠의 죽음을 공식적으로 인정하는 하나의 의례이고, 나도 함께하는 게 당연했다. 엄마가 진작 얘기했다면 휴학이니 자퇴니 하는 조건까지 안 걸어도 따라나섰을 거다.

"엄마가 되게 똑똑하고 빈틈없어 보이지? 안 그래. 헛똑똑이라니까."

아빠 말이 옆에서 들리는 것 같다.

사망신고서를 제출하면 아빠는 죽은 사람이 된다. 신고서를 제출하지 않아도 아빠는 이미 죽었다.

"이거 지금 해야 해?"

뜻밖의 말이었는지 멈칫하던 엄마가 천천히 고개를 내저었다.

"아니."

"그럼 나중에 하자. 이건 내가 갖고 있을게."

언젠가는 하겠지만 지금은 준비가 안 됐다.

엄마와 나는 돌아갈 때도 모르는 사람처럼 떨어져 걸었다. 느릿느릿 걸어가는 엄마가 답답하고 못마땅해서 앞질러 걸었다. 그러다 엄마를 못마땅해하는 게 억지라는 생각이 들었다. 장례식장, 화장터, 추모 공원에서 나와 엄마는 한 세트처럼 움직였지만, 집으로 와서는 각자의 방으로 흩어졌다.

왜 나는 아빠가 원망스러운데 엄마를 미워할까. 아빠가 죽은 뒤 처음으로 엄마가 그동안 어떻게 지냈는지 궁금해졌다. 어쩌면 나보다 더 아빠가 밉지 않을까.

나는 아빠와의 마지막을 떠올리려고 애썼다. 아빠가 죽던 날 나는 아빠를 보지 못했고 전화나 메시지도 받지 못했다. 전날도 마찬가지였다. 왜 아빠한테 문자 한번 보내지 않았을까. 전전날 아침 기억이 마지막이다. 이모할머니가 차린 식탁을 보며 아빠는 이모할머니 솜씨가 좋다는 칭찬을 늘어놓았고, 평소와 다를 것이 없었다.

"이번 방학 때 여행 갈까?"

아빠 말에 나도 엄마도 시큰둥했다. 엄마는 방학 때면 더 바빴고, 나는 가족 여행이 재미없었다.

"그때 더 바쁜 거 몰라?"

엄마 말에 아빠 눈이 조금 처졌다.

"아빠, 나랑 둘이 가자. 엄마 빼놓고."라고 했다면 좋아했을까.

나는 아무런 말도 하지 않고 샐러드에 있는 치즈를 골라 먹었다. 식탁에서 더 많은 얘기를 했던 것 같은데 어떤 말을 했는지 기억나지 않는다. 그 말들을 떠올리려 애를 썼다. 아빠의 마지막 말이었으니까.

"많이 컸네."

뒤에서 들려오는 소리에 걸음을 멈췄다.

"언제 크나 했는데 나보다 더 큰 줄도 몰랐다."

엄마랑 키가 비슷하다고만 생각했는데 엄마보다 더 컸나 보다. 뒤를 돌아보니 엄마가 생각보다 멀찍이 떨어져 있었다.

"나도 몰랐어."

엄마가 다가올 때까지 기다렸다. 우리 둘 다 커다란 덩어리에서 이탈된 부스러기처럼 막막하고 쓸쓸하고 하찮은 것 같았다. 무엇보다 견디기 힘든 것은 더는 평범한 행복을 바라거나 떠올릴 수 없다는 사실이다.

집에 이모가 와 있었다. 이모는 일어나서 팔을 활짝 펼쳤
다. 나는 그 품 안에 기꺼이 들어갔다. 이모의 심장 박동을
느끼면서 조금 전 엄마와 나는 왜 그러지 못했을까 하는 자
책이 들었다. 뒤에서 지켜볼 엄마한테 조금 미안해져서 어정
쩡하게 몸을 뺐다.

"잘 지냈지?"

이모 말에 고개를 끄덕이며 눈으로 엄마를 찾았다. 엄마
는 벌써 안방으로 사라지고 없었다. 엄마가 안 보이자 괜히
화가 났다. 이럴 줄 알았다면 이모 품에 조금 더 안겨 있어
도 됐을 텐데.

"응. 혜수는 안 왔어?"

"할머니 댁에 있어. 오늘은 저녁 먹고 가려고. 이모할머니
가 맛있는 거 해 준다고 마트 가셨는데, 배 빵빵하게 채우고
가야지."

이모가 한 손으로 배를 톡톡 두드렸다. 혜수를 낳은 지 6
개월이 다 되어 가지만, 아직 이모 얼굴도 몸도 부기가 덜 빠
졌다.

"엄마랑 얘기 좀 하고. 괜찮지?"

"응."

이모가 안방으로 가는 걸 본 뒤 냉장고에서 콜라 캔을 하나 꺼냈다. 탄산음료가 몸에 안 좋다며 기겁을 하는 엄마지만 지금은 허용이 된다. 어쩌면 내가 담배를 피우거나 술을 마시는 것도 허용이 되지 않을까. 나 역시 엄마가 어떤 말이나 행동을 한다고 해도 흘려보낼 자신이 있다. 죽는 것만 아니라면. 지금은 엄마와 나 둘 다 버티는 게 중요하다.

차가운 콜라를 마실 때면 숨이 막힐 듯한 찰나의 순간과 그 뒤에 오는 쾌감이 있다. 가슴에 쌓이는 답답한 체기를 씻어 주는 느낌이다. 백해무익한 플라세보 효과일지라도 말이다. 다 마신 뒤 캔을 구겨서 분리수거 통에 넣다가 멈칫했다.

"물로 한번 헹궈야지."

세상에 없는 아빠 말을 들어줄 필요는 없다. 이모가 좋아하는 포도주스를 들고 안방으로 갔다. 열린 문으로 침대에 누워 있는 엄마가 보였다.

"그런 얘기 할 거면 가라."

오랜만에 듣는, 화가 묻어 있는 엄마 말투가 우습게도 반가웠다.

"아니, 언니 생각해 봐. 말이 안 되잖아. 형부가 그럴 리가 없잖아. 안 그래?"

이모는 거의 애원하는 투였다.

"나도 그렇게 생각했어. 나랑 사이가 안 좋다고 해도, 그렇게 무책임한 인간은 아닐 거라고. 재윤이를 생각해서라도 그러진 않았을 거라고. 근데 아니야. 네 말이 맞으면 좋겠지만, 아니야."

"언니, 다시 한번 생각해 봐. 형부 안 그랬어. 언니 말처럼 형부가 재윤이를 얼마나……."

"재윤이보다 자기 자신이 더 중요했나 보지."

엄마 답변이 냉소적이었다. 맞다. 아빠가 나를 생각했다면 스스로 그러지는 못했을 거다. 그래서 나쁘다. 이제 나는 창문을 통해 밖을 내다보지 않는다. 창밖을 보면 뛰어내리는 아빠의 환영이 머릿속에 떠다닌다.

이럴 때 불러낼 사람은 암만 생각해 봐도 지호뿐이다. 유치원 때 만나 볼 꼴 못 볼 꼴 다 보면서 친하게 지냈던 지호는 중3 때 다른 동네로 이사 갔다. 지호 아빠의 사업 실패로 집이 압류당했다는 소식을 들었는데, 연락하기가 망설여졌다. 나중에 연락해야겠다고 생각했지만 매일매일 학교와 학원을 오가는 것만으로도 바빴고 지호가 있었다는 사실도 잊고 지냈다. 두 번 다시 지호를 만나는 일은 없을 거라고 여겼는데 생각지 못하게 보게 되었다. 아빠 장례식장이었다.

친척 할아버지가 돌아가셔서 조문을 온 지호는 상복을 입은 나와 마주치자 정지 화면처럼 서 있었다. 내가 먼저 다가갔고 얘기를 나눴는데, 어떤 얘기를 했는지 기억이 나지 않았다. 그래도 내 핸드폰에 지호 전화번호가 남아 있었다.

장례식장까지 나를 데려다준 담임은 다음 날 반 친구들과 다시 왔다. 검은색 옷을 차려입고 어정쩡하게 서 있는 친구들을 보면서 나는 왜 친구들과 다른 자리에 동떨어져 있는지 이해가 안 됐다. 장례식장을 벗어나자마자 친구들은 학원이나 편의점, 피시방으로 몰려갔을 거다. 당연하지만 내가 그럴 수 없다는 사실이 버거웠다.

"꼭 그래야겠어?"

"지호야, 나 할 일이 없어."

솔직하게 말하자 지호가 어쩔 수 없다는 듯이 어깨를 으쓱했다.

이촌 진영아파트. 낡고 오래된 두 동짜리 아파트다. 요양병원으로 가기 전까지 할아버지가 혼자 20년 넘게 살았던 곳이다.

버스에서 내린 뒤 내가 앞장을 서고 지호가 뒤따라왔다. 마음과 다르게 최대한 늑장을 부렸다. 느릿느릿한 내 걸음을 맞추려면 지호가 답답하겠지만 어쩔 수 없다. 요양병원에 계신 할아버지는 아빠가 죽은 것을 아직 모른다.

할아버지는 산이 둘러싸고 있는 이곳을 무척 마음에 들어 했다. 어릴 적 할아버지 집에 올 때면 할아버지와 아빠와 나는 아파트 뒤쪽에 난 산책길을 따라서 산 중턱에 있는 작은 암자까지 걸어갔다 오곤 했다.

아파트 근처까지 와서 간판도 없는, 슈퍼라고 하기에도 뭣한 작은 가게로 들어갔다. 푹 꺼진 눈에 주름이 쪼글쪼글한 할머니가 가게를 지키고 있었는데 아는 체를 할 뻔했다. 어릴 때는 할머니가 무서워 보여서 할아버지 뒤에 숨곤 했는데……. 아빠가 대형 마트에서 먹을거리와 생필품을 사 가면 할아버지는 동네 슈퍼에도 다 있는데 멀리서 들고 왔다며 못마땅해했다. 새로 나온 과자나 아이스크림은 찾아볼 수 없지만, 라면과 김밥, 삶은 달걀을 먹을 수 있었다.

지호는 아이스바를 골랐고 나는 콜라를 고른 뒤 계산을 했다. 우리는 가게 끄트머리에 있는 나무 그늘로 자리를 옮겼다. 자그마한 평상 옆에 플라스틱 의자와 군데군데 스펀지가 튀어나온 소파가 나란히 있었다.

어느새 할머니가 다가와 옆에 앉았다.

"오 선생 손녀야, 오 선생은 잘 지내나?"

생각지 못한 질문에 할 말을 잊었다. 할아버지가 어떻게 지내는지 모른다. 못 본 지 두 달도 넘었다. 내가 누군지 알아보지 못한다는 이유로, 아빠가 떠난 뒤에는 생각조차 안 했다.

"어휴우으."

길게 한숨을 내쉰 할머니는 가게로 들어가 막걸리와 삶은 달걀을 들고나와 나한테 내밀었다. 어정쩡하게 받아 들고 하나를 지호한테 건넸다. 지호는 달걀을 들고 저 멀리 자리를 옮겼다. 지호가 저렇게 눈치가 빠른 애였는지 전에는 몰랐다.

할머니는 종이컵에 막걸리를 붓고 단번에 들이켰다.

"뭐 하러 왔냐? 괜히 가심만 쑤실 거로. 오 선생 말년이 참 허망하네. 자식 먼저 앞세우고……."

내가 물어볼 필요는 없었다. 할머니는 내가 궁금해할 만한 사항을 미리 헤아려서 말했다.

그날 할머니는 아빠를 못 봤다고 했다. 지은 지 30년이 넘은 아파트여서 그런지 CCTV는 입구에 있는 게 전부였다. 할아버지 집 아래층에 사는 사람들은 발소리가 들리기에 아빠가 왔다고 생각했다고 했다. 아침에 폐지 수거하던 사람이 아빠를 발견해 119에 신고했고 추락의 흔적은 이미 치워진 지 오래란다. 할머니 말을 듣는데 뭔가 아귀가 안 맞았다.

"할머니, 그전에도 아빠 보셨어요?"

종이컵을 내려놓던 할머니가 나를 빤히 봤다.

"오 선생 병원 가고 난 뒤에도 주말에 혼자 오데. 네 아빠 그 일 있기 전에는…… 좀 오래 있었고. 우리 집에 와서 쌀도 사고 라면도 사 갔어. 그래서 내가 농으로 회사 잘렸나 물었는데, 좀 생각할 게 있다 카데."

언제부터인가 집에서 아빠 얼굴 보기가 힘들었다. 수업 마치고 학원에 갔다 오면 한밤중이었고 방에 들어가기 바빴다. 아빠가 집에 있는지 없는지 관심 없는 날이 더 많았다. 아빠가 이곳에서 지낸 줄은 몰랐다.

"인명은 재천이라 카지만…… 참 무정하데이. 뭐든 순서대로 가야 하는데, 오 선생도 그렇고 너도 그렇고."

복도식 아파트인 할아버지 집 옆에는 외부로 연결되는 계단이 있다. 불이 났을 때 피할 수 있는 비상 장소이기 때문에 잠금장치가 없었다. 나도 그곳을 알고 있다. 주변에 높은 건물이 하나도 없어서 계단으로 나가 하늘을 보거나 풍경을 구경하기에 좋았다.

"거기 못 가. 문도 잠갔다. 다시 새길 게 아니다."

할머니는 단번에 내가 할 일을 끝내 버렸다. 확인을 해 봤자 어찌할 수 있는 것도 아니다. 하지만 그래도 확인을 하고 싶은 마음과 두려운 마음이 반반이었다.

"연분홍 치마가 봄바람에 휘날리더라아. 오늘도 옷고름 씹어 가며……."

더는 할 말이 없다는 듯이 할머니는 노래했다. 리듬도 늦고 가사도 청승맞았는데 꽤 노래를 잘했다. 아빠는 슈퍼 할머니가 이렇게 노래 잘하는 줄 알았을까. 노래는 계속되었고 가게를 찾는 손님은 없었다. 노래 중간부터 가슴이 아려 오고 콧날이 시큰했다.

"내 노래 잘하제?"

말을 하면 울음이 나올 것 같아 그냥 고개를 크게 끄덕
였다.

"비싼 노래구로. 아무한테나 안 불러 준다. 참⋯⋯."

할머니가 손을 휘저으며 급하게 가게 안으로 들어갔다
다시 나왔다. 할머니는 누렇게 변색이 된 신문 한 장을 내
밀었다.

"아."

너무 오래돼서 흐릿하고 뭉개졌지만 아빠 젊었을 때 얼굴
이 있었다.

"옛날에 오 선생이 민석이 신춘문예 당선했다고 신문을
사서 동네 사람들한테 전부 나눠 줬다. 그때 동네잔치도 했
는데⋯⋯, 나는 민석이가 훌륭한 문사가 될 끼라고 생각했
다. 아깝다 아까워."

"고맙습니다."

생각지 못한 아빠 사진에 할 말을 잃은 나 대신 어느새 다
가온 지호가 깍듯하게 고개를 숙이고 인사를 했다.

'문사'가 무슨 뜻인지 모르지만 그런 건 중요하지 않았다.
눈으로 기사를 읽고 아빠가 쓴 시를 훑었지만 머릿속으로
들어오지 않고 내내 맴돌았다.

할머니는 '참 네 아빠가', '민석이가 그때'로 시작하는 이야
기를 계속 들려줬다. 크리스마스 때 양말을 선물했다든지,
우체국 심부름을 해 줬다든지, 할아버지와 함께 와서 삶은
달걀과 라면을 먹고 갔다든지, 핸드폰 벨 소리를 크게 해 줬
다든지 하는 작고 평범한 이야기였다. 아빠가 아닌, 그냥 민
석이가 할머니 얘기에 따라 분주하게 움직였다.

3

지호가 고깃집에서 나왔다. 지호는 외삼촌 가게에서 일하
고 생활한다. 숯이 담긴 화로를 손님상에 갖다 놓고 서빙과
심부름을 한다. 학교는 자퇴했다.

공부하는 대신 돈을 벌고 있는 지호가 나와는 다른 세
상에 있는 것처럼 느껴졌지만 진영아파트에 함께 다녀온 뒤
2년 가까운 공백이 순식간에 사라졌다. 같이 공부하고 밥
먹고 놀았던 어렸을 때로 돌아간 것 같았다.

"뭐 먹고 싶어? 내가 살게."

"안 그래도 되는데."

"저기 갈래?"

도로 맞은편에 있는 패밀리 레스토랑을 가리켰다. 지호가 앞장서고 한 걸음 뒤에서 따라갔다. 어렸을 때는 지호 키가 엄청 클 거라고 생각했는데 지금 보니 또래 평균 키보다 작은 편이다. 아빠가 사업에 실패하지 않고 좋은 아파트에 살고 돈 벌 고민을 하지 않고 일을 하지 않았다면 지호는 더 크지 않았을까. 목에서 나달거리는 보풀이 신경에 거슬려 뜯어 주려다가 그냥 뒀다. 예전에 지호는 브랜드에 민감하고 멋 부리는 것을 좋아했다. 나와는 다른 형태의 무거운 짐이 지호한테 얹혀 있다.

레스토랑에 들어가서 메뉴판을 확인했다. 실물보다 훨씬 먹음직스럽고 과장된 사진이 눈에 들어왔다.

"난 이거랑 이거."

크림스파게티랑 연어샐러드를 가리켰다.

"여전하네. 다 먹지도 못하면서 잔뜩 시키고."

"아냐, 나 일부러 아침에 빵만 먹고 와서 배 엄청 고파."

점심을 먹자는 말에 지호는 3시나 돼야 먹을 수 있다고 했다. 점심 손님이 그때야 정리가 된다는 뜻이었다.

"나 돈 많아. 아빠 보험금 많이 나왔거든."

이런 말을 농담처럼 내뱉다니, 하다 하다 별말이 다 나온다 싶었다. 아빠가 어떤 보험에 가입했는지, 보험이 있기나 한지도 모르면서 이런 말을 꺼낸 내가 아주 나쁜 애 같다. 그러나, 그럼에도 불구하고, 나보다는 아빠가 훨씬 더 나쁘다.

"난 립스테이크랑, 고르곤졸라피자. 가끔 생각났어. 고깃집에서 일하니까 고기를 먹지만, 그 고기랑 이 고기랑은 또 다르잖아."

지호는 아무렇지 않은 척 넘어갔다.

음식은 생각보다 빨리 나왔다. 나도 지호도 빨리 먹기 내기를 하는 사람처럼 정신없이 먹었다. 중간에 콜라를 시켰고 지호는 오렌지주스를 마셨다.

"고마워."

"이거면 충분해."

별거 아니라는 듯이 지호가 고기를 가리켰다.

고맙다. 지호가 이런 음식을 먹고 싶다고 하면 백 번이라도 사 주고 싶을 정도다.

진영아파트에 갔던 날, 지하철역에서 헤어지려던 지호를

불러 세운 뒤 가까운 편의점으로 갔다. 편의점 앞에 놓아 둔 의자에 앉아 슈퍼 할머니가 쳤던 신문을 지호한테 내밀 었다.

"좀 읽어 줄래?"

지호는 순순히 기사를 읽었다.

"시 부문에 한국대학교 2학년 오민석 씨가 당선됐다. 심 사위원을 맡은 박성호 시인은 심사평을 통해 '말도 안 되는 빛'은 디스토피아 속에서도 어느 날 나타난 손톱만 한 곤충 을 통해 삶의 의지를 되새김질한 인간을 다루고 있다며 한 국 시단을 이끌어 나갈 새로운 시인의 탄생을 축하한다고 밝혔다."

아빠는 시인이 아니라 회사원이었다. 아빠가 시를 썼다는 걸 어렸을 때 들은 것 같기도 하다. 아니 분명 들었다. 그런 데 잊고 있었다.

"시도 읽어 줘."

내 말에 지호는 목소리를 가다듬었다. 고분고분 내 말을 들어주는 지호가 고마웠다.

가로등에 불이 들어왔다. 지호는 아까 읽었던 기사와는 다르게 운율을 살리며 읽었다.

"……무저갱에서 솟아오른 빛, 말도 안 되는 그 빛."

'무저갱'의 뜻을 몰라 지호한테 물었다. 지호도 몰라서 스마트폰으로 검색했다. '무저갱'은 '바닥이 없는 깊은 구덩이, 악마가 벌을 받아 한번 떨어지면 헤어나지 못한다는 영원한 구렁텅이'였다.

뜻을 알자 숨이 턱 막혔다.

'무저갱에서 솟아오른 빛, 말도 안 되는 그 빛'이라는 희망을 말한 아빠는 왜 20년이 훌쩍 지난 뒤 자신이 쓴 시와 다르게 삶을 정리했을까.

엄마와 주민 센터에 다녀온 뒤부터 가끔 글자가 엉켜서 알아볼 수 없었다. 난독증 증상인데, 매번 그렇지는 않았다. 필요할 때 메시지를 보내지 못하고 인터넷을 못 보는 것이 처음에는 갑갑했지만, 시간이 지나자 별거 아니게 느껴졌다. 덕질 하던 아이돌을 비롯해 모든 것에 관심이 사라졌으니까. 난독증 때문에 죽지는 않을 테고, 텔레비전을 보고 음악을 듣고 식당이나 카페에서 먹고 마시고 살아가는 데 지장은 없다.

"어, 강지호!"

모자를 쓴 키 큰 남자애가 가까이 와서 아는 체를 했다.

지호 얼굴이 순식간에 굳어졌다.

"잘 지냈어?"

"응."

"연락 좀 하고 지내자. 너 학교……"

남자애는 말을 멈추고 나를 힐끗거렸다.

"농구 멤버들끼리 가끔 보거든. 연락해."

"그래."

남자애는 다른 곳으로 가면서도 계속 우리에게 시선을 보냈다.

"콜라 마실래?"

"으응?"

지호 대답을 듣지 않고 콜라를 사 왔다. 콜라 하나를 지호 앞으로 내밀었다. 숨이 막힐 것 같은 목조임이 지난 뒤 답답한 마음이 조금은 풀린다. 콜라를 마시는 지호 표정이 딱 그랬다.

"혹시, 쟤가 너 괴롭힌 애 아냐?"

"풋! 차라리 그랬으면 좋겠다. 내가 왜 이사 갔는지 너 알아?"

당연히 안다. 지호 아빠 회사가 부도났다. 그래서 변두리로 갈 수밖에 없었다.

"아빠 회사 문제도 있지만 그게 첫 번째 이유는 아니야."

지호는 학교 폭력 가해자였다. 피해자라면 모를까 가해자라는 말에 속에서 비명이 새어 나왔다. 지호 눈이 파르르 떨렸다. 지호는 몇 번이나 머뭇거리다가 말을 꺼냈다. 피해를 당한 아이가 건물 옥상에서 뛰어내렸다고 했다.

"주, 죽었어?"

지호가 입을 열기까지 기다리는 시간이 너무 길게 느껴졌다.

"하반신이…… 그럴 줄 몰랐어. 그냥, 어떻게, 하아아."

그 정도 학폭 사건이라면 당연히 뉴스에도 나오고 난리 났을 텐데 전혀 몰랐다. 가해자가 여러 명이었고 그중에 정치인, 검사 등 잘 나가는 부모를 둔 아이가 있던 까닭에 크게 안 알려졌다고 했다.

"처음에는 그냥 재수 없다고 생각했어. 다른 아이들도 마찬가지겠지. 근데 엄마가 병원에 가서 무릎 꿇고 싹싹 비는 모습을 보니까……, 걔 동생도 봤는데 지수 또래야. 동생이랑 놀아 주기도 힘들 테고……. 하아, 내가 나쁜 놈이지."

내가 아는 지호는 절대 그럴 애가 아닌데. 상상도 못 할,

되돌리고 싶은 일들이 곳곳에서 일어난다고 생각하니 먹먹하면서도 아찔했다. 뭐라고 대꾸해야 할지 몰라 가만히 있었다. 내가 이모라고 불렀던 지호 엄마도 생각났다. 늘 웃는 얼굴에 나를 특히 예뻐했다. 초등학교 4학년 때 장난감 화살을 던져서 지호 눈썹과 눈 사이에 생채기를 낸 적이 있었는데, 지호 엄마는 내 탓을 하지 않았다.

눈앞에 지호를 보고 있으면서도 지호 생각을 하다가 할 말이 없어진 나는 다시 스파게티를 먹었다. 지호도 묵묵히 먹었다. 많이 시킨 것 같았는데, 어느새 음식을 깨끗이 먹어 치웠다.

"오늘 잘 먹었어. 옛날에는 이런 거 먹어도 맛있다는 생각을 못 했는데 오랜만에 먹으니까 맛있다. 힘들겠지만, 잘 지내라는 말밖에 할 수가 없네. 잘 지내."

지호가 나에게 인사를 했다. 근데 그냥 인사가 아니다. 지호는 두 번 다시 안 볼 사이처럼 말했다.

"나 안 볼 거야? 왜?"

사랑싸움으로 오해할 만한 말이 절로 나왔다.

"나 학폭 가해자라고 했잖아. 너랑 나 사이, 많이 멀다. 나도 안 멀었으면 좋겠는데……, 그냥 먼 게 아니라 끝이 안 보일 정도로 멀다고."

단호해서 비집고 들어갈 틈이 없다.

"넌 이런 데 자주 오지? 난 몇 번이고 고민하고 벼려야 올 수 있어. 어릴 적 친구라서 편해서 그런 거 같은데, 이제는 서로 불편하고 힘들……."

"너 필요해."

내 말에 지호가 어이없다는 듯이 미소를 지었다. 마음이 급해졌다.

"나, 나, 난독증이야."

의심을 거두지 않는 지호 눈빛에 스마트폰을 내밀었다.

"진짜야. 나 여기 문자 온 것 못 읽어. 그때 왜 너한테 신문 읽어 달라고 했겠어? 엄마도 몰라. 알리고 싶지도 않고. 정말 네가 도와줘야 해. 난 하루에도 몇 번씩 전단 만들어서 전국에 뿌리고 싶다. 우리 아빠가 자살했대요. 혹시 아빠가 왜 죽었는지 알면 얘기해 주세요. 난 아빠가 왜 죽었는지…… 알고 싶어. 시시때때로 미칠 것 같아. 아니 미치는 게 낫지 않을까? 지호야, 부탁할 사람이 진짜 너밖에 없어. 나 좀 도와주라."

해님 달님 이야기에 나오는 남매의 심정이 이랬을까. 나는 동아줄을 잡은 것처럼 정신없이 지호한테 매달렸다. 엄마나 이모나 내 얘기를 들어줄 상황이 아니다. 모두 각자의 고통과 슬픔에 빠져 있다. 그렇다고 해서 세경이나 상우를 이런 일에 끌어들일 수는 없다. 물에 젖은 종이에 떨어진 잉크처럼 번지는 내 불행을 세경이나 상우에게 보여 주고 싶지 않다. 그렇다면 지호는 왜? 지호는 불행이 무엇인지 알고 있다. 모르면서 아는 척이나 이해하는 척 안 하고 내 불행을 쉽게 떠벌리지 않으면서, 내 손에 닿은 사람은 지호뿐이다.

"돈 줄게. 진짜. 너밖에 없어."

아차 싶었지만 어쩔 수 없다. 알바 때문에 바빠서 시간이 없다면 그 시간을 기꺼이 사고 싶다.

"시간당 얼마 받아? 내가 더 줄게."

친구들끼리 장난으로나 하던 말이 내 입에서 나와 버렸다. 끔찍했다. 내가 내 얼굴을 볼 수 없어서 다행이다.

잠시 정적이 흐르고 지호가 고개를 끄덕이자 쥐고 있던 주먹을 풀었다.

지호는 그동안 읽지 못한 문자를 읽어 주었다. 지호 목소리를 통해 듣는 내용은 예상처럼 뻔했다.

아버지를 잃은 친구를 위로하는 말은 비슷비슷했다. 하긴 나 역시 친구가 똑같은 일을 당했다면 '힘내.'라든지 '기도할 게.'라는 뻔한 얘기를 하지 않았을까. 세경이는 끊임없이 내가 밥을 챙겨 먹는지 걱정하며 소소한 학교 소식을 전하고, 아이스크림이나 콜라 기프티콘을 보냈다. 아무 답도 없는 나한테 한 달 넘게 안부를 물은 사람은 세경이와 상우뿐이었다.

"상우. 너 정말 너무한다. 힘든 건 알겠는데 그래도 계속 씹는 건 아니잖아. 개학했는데 학교는 왜 안 오는지 얘기해 줘야 할 거 아냐. 애들이 나한테 묻는데 정말, 답이 없다. 휴우, 이 새끼 뭐야?"

지호는 프로필 사진을 보며 상우 얼굴을 확인했다.

"생긴 건……, 봐 줄 만하네."

"걔 아이돌 1001 나갔어. 최종에는 안 됐지만."

"그게 뭔데?"

딴 세계 아이 같아서 더는 설명하지 않았고 지호도 관심을 두지 않았다.

세경이와는 그동안 통화를 몇 번 했다. 내가 '응.' 소리만 해도 세경이는 끈질기게 얘기를 늘어놓았다.

오디션 때문에 상우는 장례식장에 오지 않았다. 미안하다는 형식적인 말을 전화로 했고 그 뒤에 전화한 것은 두 번이었다. 번번이 말이 끊겼고 상우가 전혀 위로가 되지 못한다는 사실이 아프지도 않았다. '사랑해.' '보고 싶어.'를 말하던 사이였는데 지금은 모르는 사람보다 더 어색해졌다. 지호는 나와 자기 사이가 멀다고 했지만 솔직히 상우와 나 사이가 훨씬 멀었다.

세경이한테 메시지를 보내 달라고 부탁했다. 내일 자주 가던 카페에서 만나자고 메시지를 보내자마자 답이 왔다.

"응응. 커다란 하트를 날리는 토끼 이모티콘."

이모티콘은 볼 수 있다고 말하려는데 지호가 양손으로 토끼 귀를 만들고 이를 드러냈다. 토끼가 된 지호는 엄청나게 큰 하트를 날렸다.

"너한테 달렸어. 조급하게 생각하지 마."

진심으로 나를 걱정하는 지호한테 조금 미안했지만 나는 난독증인 게 하나도 걱정되지 않았다. 될 대로 되라는 심정이다.

이모할머니가 소파에 앉아서 텔레비전을 보고 있었다. 엄마는 다시 학원 원장님으로 돌아갔다.

"어디 갔다 와? 엄마 전화 왔었는데."

"친구 만났어요."

난독증이어서 불편하긴 하다. 문자로 집에 왔어 하면 될 것을 전화로 말해야 한다. 신호가 세 번 가기를 기다렸다가 끊으려는 순간 엄마가 받았다.

"집에 왔어."

"그래? 뭐 했어?"

"지호 만나서 놀았어."

지호가 학폭 가해자라는 사실을 모를 리가 없는 엄마다.

"그래? 엄마는 늦을 거야. 저녁 먹고, 할머니가 챙겨 주는 약 먹어."

"응."

짧은 전화가 끊겼다. 문득 엄마는 오늘 하루 아빠를 몇 번 떠올렸을까 궁금했다.

엄마와 아빠는 삶의 철학이나 가치관이 달랐다. 아빠는 핫도그 하나에도 행복할 수 있었지만 엄마는 그렇지 않았다. 이모 말로는 두 사람이 열렬하게 연애를 했다는데 사실 이해가 되지 않는다.

엄마와 아빠 사이가 삐걱거린 지 2년이 넘었다. 나 때문이었다. 배가 아프다고 했을 때 엄마가 대수롭지 않게 약을 먹으라고 했는데 결국 복막염으로 수술했다. 학원 확장 때문에 눈코 뜰 새 없이 바빴던 엄마는 수술이 다 끝난 뒤에야 병원에 왔다.

"지금 당신이 뭘 놓치는지 몰라. 도대체 뭐 하는 거야? 재윤이보다 중요한 일이 뭐가 있어?"

아빠는 화를 내는 게 아니라 애원하는 듯 보였다.

"내가 뭐 하는지 몰라서 물어? 우리 모두 잘살려고 그런 거잖아. 좋은 투자자가 나섰잖아. 확실하게 치고 올라갈 기회가 눈앞에 있는데 그걸 왜 포기해? 어떤 사람한테는 죽었다 깨도 못 올 기회를 잡은 건데. 괜히 오버하지 마."

"우리 모두 잘살려고 한다고? 그냥 솔직히 말해. 당신이 지금 삶에서 만족을 못 하는 거잖아. 무엇보다 나한테!"

엄마와 아빠가 싸우는 소리를 들으며 엄마가 아빠 말을 부정하기를 바랐다. 아니라고, 그런 게 아니라고. 내 바람과 다르게 엄마는 말을 거두지 않았다.

엄마와 아빠가 또 싸웠는지는 모르겠다. 최소한 내 앞에서 싸우지는 않았지만 두 사람 관계가 예전 같지 않다는 것

은 알 수 있었다. 어른들 일이라고 모른 체했었는데 내가 둘
사이에서 뭐라도 했다면 어떻게 됐을까. 그랬다면 되돌릴 수
있었을까.

오늘도 자기는 글렀다.

4

"유우운!"

세경이가 한 마리 새처럼 포르르 달려와 안겼다. 나보다
10센티가 작은 세경이가 폭 안겼는데 통통하던 몸이 조금
마른 것 같다. 다른 사람이 보거나 말거나 우리는 한참을 껴
안고 서로를 토닥토닥 두드렸다. 그러고 나서 마주 앉아 눈
물을 글썽거리다가 웃다가를 반복했다.

"학교 가기 싫어서……. 나 난독증도 걸렸어. 글이 보였다
가 안 보였다가 그래. 학교 가지 말라는 신의 계시지 뭐."

세경이는 입을 삐죽거렸다. 장례식에 온 아이들은 아빠의
죽음이 자살이라는 사실을 알까. 어쩌면 전교생 모두 알지
도 모른다.

"문자 보내려는데 글자가 제대로 안 보여서 쓸 수가 없었어. 씹는데도 계속 연락해 줘서 고마웠어."

"윤, 진작 얘기하지. 근데 어제 문자는 누가 보내 준 거야? 이모할머니?"

"아니, 남사친."

내 말에 세경이 입이 떡 벌어졌다.

"유치원 때부터 친구. 같은 아파트 살았는데 중학교 3학년 때 이사 가서 못 봤거든. 근데 장례식장에서 걔를 딱 만났지 뭐야."

"대박! 남사친이 남친 되는 거지 뭐."

세경이가 온몸으로 호들갑을 떨었다. 세경이는 다른 친구들 얘기는 했지만 상우에 대해서는 입도 뻥긋하지 않았다. 나는 그동안 몰랐던 사실을 방금 깨달았다. 나는 상우와 헤어졌다.

오디션에 나가기 전 상우는 나와 찍은 사진이 담긴 SNS를 비공개 계정으로 돌렸다. 오디션이 끝난 뒤에 새로운 SNS 계정을 만들었고 비공개 계정은 사라졌다. 예전의 나였다면, 이렇게 흐리멍덩하게 끝나는 것을 못 참았을 거다. 직접 만나서 조목조목 따지고 자존심을 세우기 위해 온갖 방법을

강구했을지 모른다. 지금은 시간이 남아돌아도 그런 일에 에너지를 쓰고 싶지 않다.

세경이는 지호에 대해 여러 가지를 물었고 나는 진실과 거짓을 적당히 섞었다. 제니스힐에 살고 아빠가 치과 의사이고 언니들은 명문대에 다니는 세경이한테 대학을 포기하고 생활 전선에 뛰어든, 학폭 가해자 지호는 다른 세계 아이다. 그 낯설고, 생경하고, 섞이고 싶지 않은 마음을 알고 있다. 아빠 일이 아니었다면 나 역시 지호를 다시 만날 일은 없었을 거다.

"동남아 어느 나라 사람인가⋯⋯ 폭염에 뇌세포가 손상돼서 20년도 넘는 기억이 몽땅 사라져 버렸대. 신기하지?"

세경이가 별생각 없이 한 얘기가 머리에 콕 박혔다. 나도 기억이 사라졌으면 좋겠다. 타임 리프는 불가능한 이야기지만 드라마에서 시도 때도 없이 등장하는 기억상실은 가능성이 있다. 기억을 관장하는 뇌의 해마가 손상되면 된다. 해마를 손상시킬 방법이 없는 게 문제다. 알코올성 기억상실이 있지만 미성년자가 술을 구하기 힘들고 그렇게 진행되려면 시간이 오래 걸린다.

"폭염이라면, 기온이 얼마가 돼야 할까?"

"글쎄. 40도 정도? 우리는 캐리어 님을 찬양해야 해. 에어

컨 없었으면, 윽 생각만 해도 덥다 더워."

세경이는 여러 가지 이야기를 열심히 꺼냈고 나는 흘려들으면서 적당하게 맞장구를 쳤다. 한참 뒤 세경이는 입을 또 삐죽거렸다.

"난독증이라서 많이 답답하겠다. 담달 모의는 어쩌냐?"

인 서울이 목표였지만 이제 나에게는 어떤 것도 중요하지 않다. 나는 곧 자퇴할 생각이다.

"수업 녹음해서 줄까? 아니다, 이참에 그냥 푹 쉬어. 스트레스 때문에 그런 거니까. 쉬다 보면 공부가 너무 하고 싶어질 수도 있어."

허황한 세경이 말에 맞장구를 치며 시간을 보냈다.

"참참, 우리 집에 해리포터 원서 오디오북 있는데 줄까? 심심할 때 한번씩 들으면 재밌어."

외국에서 태어나 자랐고 방학 때면 영어권 나라에서 어학과 액티비티 프로그램에 참여하는 세경이는 영어가 익숙하다. 세경이보다는 못하지만 엄마 덕분에 나도 웬만큼 영어는 한다. 하지만 영어는 대학을 가기 위해 해야만 하는 공부일 뿐이다. 해리포터를 오디오북으로 들을 일은 없겠지만 세경이 덕분에 내가 할 일을 찾았다.

2
알 수 없는 마음

1

발이 저렸다. 쪼그려 앉아 어린나무를 보고 있었다. 땅속
에 깊숙이 자리 잡지 못하고 뿌리가 땅 밖으로 삐져나와 있
었다. 그대로 둔다면 언젠가는 쓰러질 일밖에 없다. 나무가
쓰러지는 것은 죽는 일이다.

어떻게 해야 할지 몰라 마음이 급했다. 스마트폰을 꺼내
든 순간 자판이 사방으로 튀어나와 꿈틀거렸다. 또 시작이
다. 지금처럼 궁금한 것이 있을 때는 엄마, 아빠가 아니라 인
터넷이 최고의 해결책이었다. 이상한 질문을 해도 나와 같은
질문을 한 사람이 있었고 그에 대한 답변이 있었다. 물론 말
도 안 되는 답변도 있지만…….

"또, 또, 시작이네."

오늘은 걸러야 하는 날이다. 다시 자판을 봐도 마찬가지

였다. 스마트폰을 호주머니에 넣은 뒤 일어나서 긴 의자에 앉았다. 주변을 둘러봤지만 아무도 없다.

아침 7시. 한강 고수부지로 왔다. 잠을 못 자다가 엄마가 나가는 소리를 듣고 방에서 나왔다. 이모할머니는 엄마가 운동을 다시 시작했다고 했다. 아무것도 안 하는 엄마보다는 뭐라도 하는 엄마가 낫다. 물론 그렇다고 해서 엄마한테 삶의 의지가 생겼다고는 생각하지 않는다. 견디고 버티는 방법 중 하나가 운동이 아닐까.

이모할머니는 눈 깜짝할 사이에 샌드위치와 우유까지 챙겨 줬다.

"먹어야 머리가 돌아가. 뭐든 먹고 생각해."

아빠가 옆에서 한마디 거들어야 했다.

"할머니께서 챙겨 주시면 감사합니다, 해야지 왜 입이 나와? 할머니 말씀대로만 하면 자다가도 떡이 생긴다."

"아빠, 제발 좀……."

잔소리든 뭐든 재미있게 받아 주려고 해도 이제는 아빠가 없다.

"잘 먹을게요. 고맙습니다."

내 대답에 이모할머니 양 눈썹이 오랜만에 아래로 곡선을 그리며 내려왔다.

나무에서 시선을 거두고 가방에서 녹음기를 꺼냈다. 전자 상가에서 산 작은 녹음기다. 스마트폰으로도 녹음은 할 수 있지만, 다른 기능 없이 오직 녹음만을 위한 작은 기계가 필요했다.

오디오북은 귀로 듣는 책이다. 세경이가 해리포터 오디오북을 말했을 때 내가 떠올린 것은 아빠에 대한 기록을 오디오북으로 남기는 거였다. 물론 내가 만드는 오디오북은 기획과 퇴고 과정이 없는 날것 그대로겠지만.

녹음기를 어디든 갖고 다녔지만 아직 녹음은 하나도 하지 못했다. 온몸 곳곳에 떠다니는 '아, 아빠가 죽었어.' '세상에 이게 말이 돼?' '너무 기가 막혀.' 같은 말을 그대로 녹음하기는 꺼려졌다. 아픔을 견디려면 분노와 슬픔의 단계에서 수긍하고 인정하는 단계로 넘어가야 하는데 나는 아빠의 죽음을 아직 받아들이지 못하고 있다.

인기척이 들려 슬쩍 옆을 보니 긴 머리를 묶어 올린, 운동복 차림의 여자가 양팔을 번쩍 들고 기지개를 켜고 있었다. 윗옷도 아래옷도 남의 것을 입은 듯 헐거워 보였다.

"저기, 언니."

입을 쩍 벌리고 하품을 하던 언니가 그 모습 그대로 나를 봤는데 마치 만화 주인공처럼 귀여웠다.

"이거 어떻게 해요?"

손가락으로 뿌리가 삐져나온 나무를 가리켰다. 다행히 언니는 나를 이상하게 보지 않고 쪼그리고 앉아 나무 뿌리를 살펴봤다.

"이거 죽을까요?"

"그럴 것 같지는 않은데…… 잠깐만."

언니가 코를 찡긋하더니 스마트폰으로 검색을 했다. 잠시 뒤 언니가 고개를 들고 나를 보며 말했다.

"아, 흙으로 제대로 덮어 주면 산대. 걱정하지 마."

뿌리가 뻗쳐 나와도 흙을 잘 덮어 주면 나무는 다시 뿌리를 내리고 사는구나.

언니는 뿌리 사진을 여러 장 찍었다.

"여기 관리하는 곳 있거든. 거기다가도 얘기할게."

내 말을 무시하지 않고 들어주는 언니가 고마웠다.

"너 라면 먹을래?"

"예에?"

언니가 손가락으로 가리켰다. 조금 전까지 있는 줄도 몰랐던 편의점이 떡하니 보였다. 시간을 돌려주거나 기억을 지워 주거나 마법이 담긴 과자를 파는, 동화 속 편의점이면 좋겠지만 그러기에는 시간, 장소, 나까지 너무 현실적이다.

할 일도 없고 시간도 많은 나는 언니를 따라 편의점으로 갔다. 편의점은 작고 아담했는데 일하는 사람이 안 보였다. 언니는 자연스럽게 계산대 안쪽으로 들어가 윗옷을 벗고 편의점 유니폼 조끼를 입었다. 공시생처럼 보였던 언니가 편의점 알바가 되었다.

"땜빵 중인데 계속 여기 있다가는 내가 돌아 버릴 것 같아서."

언니가 검지를 허공에 들어 빙빙 돌렸다.

계산대 밖으로 나온 언니는 라면이랑 달걀, 김치 등을 집어서 계산대 위에 올렸는데 컵라면이 아니라 끓여 먹는 라면이었다.

"딱 보니까 이거 안 먹어 봤구나. 일반 편의점에도 많은데. 여기서는 뭘 먹어도 맛있지만 이게 더 맛있지."

언니가 바코드를 찍는 걸 보고 가방에서 허겁지겁 지갑을 꺼냈다.

"아냐. 내가 살게."

"예에?"

"그냥은 아니고, 착한 일 했으니까."

"무슨……."

언니가 말하는 착한 일이 뭔지 깨달았다. 나무뿌리가 신경 쓰여서 얘기한 거. 예전 같았으면 관심도 안 뒀을 일이다. 착한 일을 했다고 칭찬받은 일이 까마득했다. 중학교 때 선행상이나 봉사상을 받은 적도 있지만, 그건 모두 엄마의 계획에 따라 봉사 시간을 채운 결과일 뿐이다.

포일 용기에 라면을 넣은 뒤 호기롭게 조리기 앞에 섰다. 틀림없이 순서대로 하면 잘 익은 라면을 먹을 수 있겠지만, 하나도 어려울 게 없는 일이지만 지금 나는 어렵다. 한 번도 해 본 적도 없고 무엇보다 글이 안 읽히니까.

"이리 줘."

언니가 라면 용기를 갖고 가더니 바코드를 인식시키고 버튼을 눌렀다. 우리는 한강이 보이는 테이블에 나란히 앉아 라면을 먹었다.

"겨울 새벽에 출출할 때 진짜 좋아. 몸은 차가운데 뜨거운 게 몸속으로 퍼지는 기분, 거기다 맥주 한 모금 쭉 마시면, 카아."

겨울이 아니어도, 맥주를 안 마셔도, 배가 고프지 않아도
라면은 세상 어떤 음식보다 맛있었다.

2

뭐든 시작은 부담된다. 테스트를 위한 '아아' 외에는 어떤
말도 하지 못했다. 몇 번이나 시도했지만 마찬가지였다.

지호와 시간을 맞추기가 쉽지 않았다. 나와 달리 지호는
계속 바빴다. 알바도 하고 동생도 보살피고, 공부는 안 하지
만 따로 배우는 게 있다고 했다. 무엇을 배우는지는 말하지
않았다.

겨우 시간을 낸 지호와 터미널에서 만나 여산행 버스를
탔다.

"요즘도 새벽에 자?"

"아니, 아침에."

아침에 잠들었다가 오후에 깨면 가끔 한강 편의점에 가서
라면을 먹었다. 편의점 알바, 스물여섯 살 김다정 언니가 일
하는 곳이다. 이름처럼 다정한 언니는 오후 3시부터 밤 11시

까지 일한다. 우리가 처음 만난 날은 언니가 다른 알바를 땜빵해서였다. 야행성이라 밤 근무가 좋지만 새벽에 오는 이상한 손님들 때문에 밤 시간에는 보통 남자들이 일한다고 했다. 다정 언니랑 같이 라면을 먹을 때도 있었지만 혼자 먹을 때가 많았다.

한강을 보고 싶다거나 라면을 먹고 싶어서 그곳에 가는 건 아니었다. 이유는 하나. 다정 언니가 있어서였다. 다정 언니는 적당한 거리를 알았다. 내 입에서 무심코 나온 이야기라 할지라도 더 파고들거나 묻지 않고 무심하게 넘겼다. 다정 언니한테 내가 어떤 존재인지는 모르지만 내게 다정 언니는 딱 필요한 한 모금의 물이었다.

"우리 친구 하기로 했어."

"아홉 살 차이인데?"

"응. 언니가 나랑 얘기가 통한대."

"너는?"

"완전 통해."

지호가 눈을 갸름하게 뜨고 입을 쩍 벌렸는데, 언제부터 이렇게 스스럼없이 감정 표현을 했는지 모르겠다.

"너 얼굴 완전 웃겨."

내 말에 지호가 양손으로 얼굴을 가렸다가 다시 뗐는데 꿈틀거리던 표정이 사라지고 새침한 표정으로 바뀌었다. 지호는 어쩔 수 없이 나에 대해서 알게 되었지만 다정 언니는 전혀 모른다. 그래서 둘 다 다른 의미에서 편하다.

버스 안에서 내내 흔들리던 지호 머리가 내 어깨에 닿았다. 예전의 나였다면 내 어깨에 닿기도 전에 몸을 세우고 머리를 밀어냈을지 모른다. 지호한테는 설명할 수 없는 감정이 있다. 서로의 불행을 공유해서인지 같은 편이라는 느낌이다. 이런 걸 동지애라고 할 수 있을지 모르겠지만. 나도 눈이 감겼고 곧 잠이 들었다. 지호가 나를 깨울 때까지 잠에서 깨지 않았다. 오랜만의 단잠이었다.

터미널에 도착하자마자 우리는 약속이나 한 듯이 화장실에 갔고 화장실 입구에서 다시 만났다.

"할아버지 뭐 좋아하셔?"

"으응? 아 참!"

할아버지 면회를 가면서 빈손으로 갈 뻔했다.

"양갱, 팥빵, 카스텔라, 캐러멜, 사탕……."

터미널 부근 마트에서 할아버지 간식을 산 뒤 요양병원에 갔다. 혹시 몰라서 신분증까지 챙겨 갔는데 그럴 필요는 없었다.

"할아버지 좋아하시겠다. 식구들이 자주 면회 와서."

"예?"

면회실로 가려다가 발길을 멈췄다.

"김소연 씨, 네 엄마 맞지? 일주일에 한 번은 오시는데. 엄마랑 같이 오지 그랬어?"

간호사 말을 듣는 순간 당황스러웠다. 엄마 혼자 여기에 올 거라고는 전혀 생각하지 못했다. 내 표정을 읽은 지호가 양손을 입에 갖다 대고 스마일 동작을 했다.

할아버지를 언제 만났는지 기억도 가물거렸다. 진영아파트에 다녀온 뒤 할아버지한테 내내 미안했다. 슈퍼 할머니가 나보다 더 할아버지를 생각하는 것 같았다.

작년 봄, 온 가족이 섬진강 길을 따라 여행을 갔었다. 강가에 흐드러지게 핀 매화를 따라 걸었다. 하얀 매화가 온 마을을 감싸 안은 곳에 갔을 때 표정이 없던 할아버지도 벌벌 떨리는 입을 열어 웃었다.

"여기가 천국이오?"

생뚱맞은 할아버지 말에 나는 깔깔거렸다. 그때처럼 웃고 싶다. 너무 경직된 것 같아 양손으로 얼굴을 주무르며 근육을 풀었다.

구조 변경을 한 면회실은 낯설었다. 바깥이 더 잘 보이게 전면 창을 냈고 소파도, 의자도 알록달록한 색깔로 바뀌어서 분위기가 밝아졌다.

"할……."

간호사가 미는 휠체어에 앉은 할아버지를 보는 순간 목이 메었다. 휠체어가 커진 것은 아닐 텐데 기억 속 할아버지보다 훨씬 작고 약한 모습이다. 할아버지는 나를 힐긋 보더니 눈길을 창문에 두기만 했다.

"할아버지, 저 재윤이요. 오재윤. 기억 안 나세요?"

할아버지는 어떤 반응도 하지 않았다. 지호가 들고 있던 비닐봉지를 테이블 위에 놓고 안에 있던 과자를 꺼냈다.

착착착착.

지호가 양손으로 비닐을 구기면서 소리를 내자 할아버지 눈길이 지호한테 머물렀다.

예전에 할아버지는 면회 시간 내내 먹기만 했다. 게걸스럽게 음식을 입에 밀어 넣는 모습에 비위가 상해 인상을 구겼는데 아빠한테 들켰다. 아빠는 아무렇지 않게 대했지만 그날 내내 마음에 걸렸다. 사과해야 했는데……, 놓쳤고 잊었고 뒤늦게 후회한다.

"이거 좋아하시던 건데 생각나요?"

나는 주황색 껍질을 벗겨서 할아버지 앞에 내밀었다. 감귤이 들어간 양갱이었다. 할아버지 입이 헤벌쭉 벌어졌다. 그 순간 할아버지 얼굴에서 아빠가 겹쳐 보였다.

"……나 잠깐."

벌떡 일어나 화장실로 갔다. 할아버지 앞에서 울다가는 어떤 말이 나올지 모른다. 아빠는 할아버지가 치매라고 해도 말을 함부로 하는 걸 싫어했다. 나중에 떠올릴지 모른다며 주의했다. 화장실에서 세수한 뒤 다시 면회실로 가려는데 복도에 할아버지가 나와 계셨다.

"밖에 날씨 좋잖아."

지호가 할아버지 손자처럼 보였다. 야외 마당에는 바람이 선선하게 불었다.

"할아버지, 엄마 만났어요?"

"……혹시 오민석이라고 아시나?"

할아버지의 탁한 눈동자가 나를 꿰뚫는 듯했다.

"예."

"우리 아들인데 얼마나 똑똑한지. 심성도 착해. 오늘 어버

이날이라고 꽃을 만들어 달아 주고 노래까지 부르더라고. 내 꽃이 아주 예쁘지요?"

할아버지 눈길이 분주히 움직였다. 아빠가 만들어 준 카네이션이 안 보여서 그런 모양이다.

"꽃이 조금 구겨져서 다시 만든다고 했어요."

듣기만 하던 지호가 끼어들었다. 다행히 할아버지는 지호 말을 그대로 믿었다.

가끔 정신이 돌아올 때도 있다고 들었는데 오늘은 그날이 아니었다. 할아버지가 하는 이런저런 이야기에 돌아가신 할머니 이름도 나오고 내가 모르는 사람들도 있었는데 한결같이 기분 좋은 일들이었다. 할아버지가 행복한 시간에 머물러 있어서 다행이었다.

"할아버지, 아빠요 아니 오민석 씨요……."

"오민석이 왜? 민석이가 일주일 전에 왔었어."

"그, 그래서요?"

"뒤에 날개가 달렸더라고. 천사가 됐다고 생각했지."

뜻밖의 말에 말문이 막혔다. 할아버지는 어린아이처럼 천진한 얼굴로 나를 보고 있었다.

"……천사요?"

"왜? 천사가 되면 안 되는 거야? 천사가 좋은 거 아냐? 아 닌가?"

할아버지가 꾸중을 듣는 아이처럼 안절부절못하자 지호 가 마술을 선보였다. 양손을 펼치고 아무것도 없다는 것을 확인시켜 준 뒤 주먹을 쥐었다. 잠시 뒤 손을 펼쳐 보였는데 한쪽 손에 캐러멜이 있었다.

할아버지를 따라 나도 박수를 쳤다. 할아버지는 내가 어 렸을 때 당신이 이런 마술을 했다는 사실도 잊었다. 그때 내 가 눈속임을 알아차리지 못한 것처럼 할아버지도 지호 손 을 붙잡고 샅샅이 살폈다.

3

목소리가 낯설다. 할아버지 목소리도 내 목소리도. 녹음기 를 통해 듣는 내 목소리는 내가 알고 있는 목소리보다 더 낮 았다.

뒤에 날개가 달렸더라고. 천사가 됐다고 생각했지.

할아버지 말 중에서 이 부분만 반복해서 들었다. 일어나자마자, 자기 전에, 화장실 가기 전에, 밥 먹기 전에.

아빠는 할아버지한테 날개가 달린 천사로 나타나면서 왜 나한테는 나타나지 않는지 모르겠다. 내 화가 풀리기를 기다리는 건지, 아니면 꿈에서라도 나타나기 싫은 건지도.

"휴우."

그 순간 엄마 시선과 마주쳤다.

"왜 입맛이 없어? 뭐 해 줄까, 응?"

이모할머니의 애가 타는 반응에 얼른 고개를 돌렸다.

"아뇨. 다 맛있어요."

고개를 숙이고 열심히 밥을 먹다가 엄마를 힐끗 봤다. 엄마는 묵묵히 밥을 먹고 있다. 밥 한 번 반찬 한 번이지만 젓가락이 엄마 앞에 있는 콩나물에만 머물고 있다. 샐러드도 있고 낙지볶음도 있고 김도 있고 콩자반도 있는데.

"낙지볶음 맛있어."

낙지볶음 접시를 엄마 쪽으로 살짝 밀었다. 나도 엄마도 매운 음식을 좋아했다. 엄마가 별다른 말 없이 젓가락으로 낙지를 집었다.

묵묵히 숙제를 하는 사람처럼 우리는 밥을 먹었다. 이모할머니가 퍼 준 밥이 많았지만 남기지 않았다. 엄마 역시 마찬가지일 거라는 생각을 했다.

엄마는 자퇴 처리를 하면서도 내 진로나 미래에 대해서 한마디도 하지 않았다. 어떻게 보면 유예 기간을 준 것인지도 모른다. 한 달이 될지, 두 달이 될지 모르지만 내가 먼저 유예를 풀 생각은 없다.

"할머니, 한 달 동안 미국에 가셔."

이모할머니를 본 나는 고개를 살짝 흔들었다. 이모할머니 눈이 아래로 축 처졌다.

'엄마랑 나만 여기 두고 할머니까지 가는 것은 배신이고, 배반이야.'

밖으로 내뱉지는 않았지만 이모할머니는 내 말을 알아들었을 거다. 내 삶에 엄마와 함께한 시간보다 이모할머니와 함께한 시간이 더 많다.

"며느리가 수술해. 그래서."

"할머니 미국 가서 일하는 거야? 간병인 쓰라고 해. 할머니 거기 말도 안 통하고 갑갑해."

두 살 때부터 내 옆에 쭉 있었던 이모할머니는 누구보다 나랑 가까운 사이다. 어릴 때처럼 반말이 나왔다. 이모할머니한테도 가족이 있지만 나보다 가깝지는 않다는 생각을 막연히 하고 있었다.

"미안해."

어쩔 줄 모르는 이모할머니 말에 부글거리던 감정이 한순간 사라졌다. 이모할머니가 우리한테 미안할 일이 전혀 아니다.

"아니, 아니에요. 할머니가 한 달 동안 간다고 하니까…….언제 가요?"

"내일."

이모할머니 없는 앞으로의 시간이 캄캄하지만 이미 결정난 상황을 뒤집을 수 없다. 작은 수술이라면 부르지도 않았을 테니까. 그동안 놀러 오라는 말 한번 안 하던 아들과 며느리한테 짜증이 났지만 이모할머니가 그들을 얼마나 사랑하고 그리워하는지 안다.

"짐은 쌌어요?"

"뭐 준비할 것도 없어. 예전에도 가 봤는데 뭐."

밥을 먹은 뒤 이모할머니 방에 가서 가방을 살폈다. 여권이랑 지갑을 넣은 갈색 크로스백을 보고 내 방에서 미키마우스가 그려진 가방을 갖고 왔다.

이모할머니는 됐다고 했지만 여권이랑 지갑을 옮겨 담았다. 이모할머니한테 뭐라도 나를 기억할 만한 물건을 주고 싶었다. 나를 떠올리고 빨리 돌아올 수 있도록 말이다.

"밥을 잘 먹어야 하는데."

"걱정 마요. 아주 잘 먹고 있을 테니까."

"엄마랑 잘 지내고."

"엄마 하는 것 봐서요."

이모할머니가 내 등을 소리 나게 때렸다. 일부러 인상을 찡그리며 어깨를 만지작거리자 이모할머니가 내 손을 잡았다.

"그냥 하는 말이라도 부러 나쁘게 얘기하지 마. 나는 알지만 다른 사람들은 오해해. 미움받는 게 얼마나 힘든데. 알았지?"

대답하지 않고 이모할머니를 껴안았다. 이모할머니가 있어서 얼마나 다행이었는지. 이모할머니 없이 엄마와 나 둘이서 지내야 하는 앞으로가 막막했다.

이모할머니가 떠났다. 같이 공항에 가려고 했는데 일어나니 나 혼자였다. 책상 위에 이모할머니가 쓴 게 틀림없는 편지가 놓여 있었다. 편지를 챙긴 뒤 거실로 나갔다.

아무도 없는 집은 오랜만이다. 이렇게 나오면 늘 거실이나 부엌에 이모할머니가 있었다. 부엌으로 가려다가 아빠 방이었던 서재로 발길을 돌렸다. 아빠가 떠난 뒤 이 방에 들어가기가 힘들었다. 문은 열려 있었다.

"하!"

무거운 공기가 가득 차 있고 뭔가 답답할 거라는 예상과 달리 방은 방금 청소를 한 것처럼 깔끔하고 환했다. 이모할머니가 매일 쓸고 닦은 모양이다.

커다란 창 아래 책상이 있고 한쪽 벽에 책장이 있었다. 의자에 깊숙이 몸을 묻었다. 책상용 달력은 9월에 멈춰 있었고, 검정 탁상시계는 시간이 정확했다. 의자에 앉아 한껏 몸을 젖히고 천장을 바라보다가 자세를 바로 하고 서랍을 하나씩 열었다.

아빠가 쓰던 필기구가 있었다. 연필, 볼펜, 포스트잇 등등. 만년필과 잉크가 있다는 것 말고는 내 거랑 비슷했다. 아래 서랍에는 화장품이 있었는데 거의 새것처럼 보였다. 아빠가 어떤 화장품을 썼는지 그동안 아무 관심이 없었다.

후다닥 내 방으로 가서 스마트폰을 찾아 9번을 눌렀다. 신호가 가자마자 세경이가 받았다.

"어?"

소리가 울렸다. 화장실인 것 같았지만 봐줄 상황이 아니다.

"너 아빠 화장품 뭐 쓰는지 알아?"

"뭐?"

"아빠 화장품 브랜드가 뭐냐고?"

"우리 아빠는 조아옴므 쓰는데. 그건 왜? 누구 선물할 일
있어?"

"나중에 통화해."

전화를 끊자 다시 벨이 울렸다. 세경이겠지만 받지 않았
다. 세경이 입에서 화장품 브랜드 이름이 재까닥 나오자 속
상했다. 세경이 집은 가족이 다섯 명이다. 우리 집은 이모할
머니까지 네 명이었다. 세경이는 언니가 둘이나 있고 자기는
몰라도 될 것 같은데 아빠가 무슨 화장품을 쓰는지 알고 있
었다. 아빠한테 나는 하나뿐인 딸이었는데 아빠에 대해 아
는 게 별로 없었다. 미안하고 우울하고 슬펐다.

"그거 말고 이거 먹어 봐. 정말 맛있는데."

다정 언니가 제일 맛있다는 라면을 내밀었지만, 고개를 절레절레 흔들었다. 내가 고른 건 아빠가 좋아하던 라면이었다. 서재에서 울면서 아빠에 대해 아는 것을 떠올리다 라면 생각이 났다. 화장품은 모르지만 라면은 안다는 생각에 그만 울기로 했다. 라면을 먹기 위해 다정 언니가 있는 편의점에 왔다.

"언니는 내가 학교 안 가는 거 안 이상해요?"

진열대를 정리하는 언니한테 물었다.

"내가 이상하게 생각해야 해? 모두 사연이 있잖아. 아흔아홉 명이 그곳에 있다고 해도 내가 그곳에 갈 수 없거나 가기 싫은 사연."

"오오."

다정 언니가 한쪽 손으로 브이 자를 그렸다.

"이곳에는 여럿이서 놀러 오는 사람들도 있지만 혼자 오는 사람들도 많아. 이른 아침에 양복 입고 오는 아저씨도 있고 꽃무늬 원피스를 입은 여자도 오고, 너 같은 청소년도 있고……. 쓸쓸하고 외로워 보이는 사람들이 많이 찾아와."

"답답한 사람도요."

내 말에 다정 언니가 빙긋 웃었다. 처음이나 지금이나 다
정 언니는 나에 대해서 어떤 것도 묻지 않았다. 나 역시 다
정 언니에 대해서 잘 모른다. 공무원 시험이나 취업을 준비
하고 있을지도 모르지만 지금은 그저 편의점 일에 최선을
다하는 친절한 알바다.

"언니는 왜 여기서 일해요?"

"강 때문에. 너는 여기 왜 온 것 같아? 답답해서 그런 거
아냐? 나도 그래. 계산대에서 강은 안 보이지만 일 마치고
강을 봐. 그러면 조금은 위로가 돼."

언니가 슬쩍 웃었지만 왠지 슬퍼 보였다. 단순히 보이는
얼굴이 아니라 그 뒷면의 모습이 궁금해졌다.

벨이 울리자마자 전화를 받았다. 지호였다. 편의점에 오기
전에 이모할머니가 남긴 편지를 찍어서 지호한테 보냈다. 내
가 무턱대고 사진을 보내도 지호는 알아서 전화로 내용을
읽어 줬다.

"읽어 줄게. 음, 재윤아, 엄마……."

"큭큭."

"왜 웃어?"

"무슨 얘기인지 알 것 같아서. 엄마랑 사이좋게 잘 지내고 밥 잘 먹고 있어. 금방 올게. 맞지?"

이모할머니가 바로 옆에서 얘기하는 것 같았다.

"엄마가, 엄마가 말을 안 해서 그렇지 네 걱정을 많이 해. 괜히 뾰족한 말 해서 엄마 마음 상하게 하지 말고. 그러면 너도 마음이 안 좋잖아. 밥도 잘 먹어. 할머니가 기도 많이 할게."

이모할머니 말이 사실이라는 것을 안다. 하지만 나도 내 마음을 어떻게 못 하겠다. 지호와 더 통화하고 싶었지만 지호 말이 아주 빨라서 붙잡을 수 없었다. 하루가 무진장 느리게 가는 나와 달리 지호는 빠듯한 시간 속에 살고 있다. 내 시간을 떼어 주고 싶다.

집에 오니 엄마가 있었다. 소파에 앉아서 텔레비전을 보는, 아니 본다기보다 틀어 놓고 있는 엄마가 쓸쓸해 보였다. 엄마와 나밖에 없는 집 안은 더 썰렁하고 서늘했다.

"할머니 잘 갔어?"

"응."

거실을 지나치려다가 엄마 옆에 앉았다.

"나 할아버지 만났어."

"알아."

요양병원에 엄마가 심어 둔 스파이가 있나 하는 생각을 잠시 했다.

"가니까 할아버지가 너 왔다고 하시더라."

"엄마랑 얘기할 때 할아버지 정신 돌아왔어? 내가 누군지 알아보지도 못하셨는데."

"아주 잠깐. 너 어렸을 때 예뻤다는 얘기하시면서, 네가 왔다고."

엄마는 할아버지랑 만나서 어떤 얘기를 할까. 나처럼 엄마도 할아버지 얼굴을 보면서 아빠 모습을 떠올릴지 모른다.

"요양병원에 모신 거 후회 많이 했어. 그냥 우리 집으로 모셨으면 어땠을까 하고. 다 부질없지만, 변명으로 들릴지 모르지만, 할아버지가 정신이 조금만 온전했어도 집으로 모셨을 거야."

엄마 말이 진심이라는 걸 알고 있다. 요양병원으로 모시자고 먼저 말을 꺼낸 사람은 아빠였다. 아빠도, 엄마도 많은 고민을 해서 내린 결론이었다.

"할아버지는, 아빠가 천사가 됐다고 하셨어. 등에 커다란 날개를 달고 나타났다고."

"천사…… 다행이네."

엄마는 처음 들어 본 소리 같았다.

침묵이 길어지자 마음이 불편했다. 하지만 엄마도 나도 자리를 뜨지 않았다. 엄마도 나도 노력 중이었다. 이모할머니가 미국으로 가면서 당부해서가 아니라 엄마에게는 내가, 나에게는 엄마가 가족이었다. 나를 위해서도, 엄마를 위해서도 우리는 이 어색하고 어려운 순간들을 함께 견뎌야 했다.

"나 아빠 방 갔어."

"알아."

이것도 아는구나.

"방 깨끗하더라. 아빠가 정리 정돈은 잘 못했잖아."

"그치. 엄마가 좀 정리했어."

서재를 청소한 사람은 이모할머니가 아니라 엄마였다.

"이제 내가 할까?"

엄마와 시선이 마주쳤다. 나도 엄마도 머쓱해하며 시선을 돌렸다.

"아빠 유품 같은 거…… 나도 보고 싶은데."

엄마가 방으로 가더니 작은 상자를 들고나와 거실 탁자에 내려놓았다. 나는 얼른 상자를 열었다.

"옷과 신발은 태울 것은 태우고 필요한 곳에 보내기도 하고. 할아버지 집에 있던 아빠 물건은 이게 다야."

40대 중반의 남자가 남긴 물건은 별것 없었다. 은색 시계, 작은 수첩, 안경집, 검정 반지갑이 전부였다.

"이거 내가 갖고 가도 돼?"

"응."

나는 수첩을 뒤적였다. 비어 있는 곳이 더 많았다. 시계랑 안경집도 아빠의 흔적이 남아 있을 것 같아 천천히 만지작거렸다. 검정 반지갑 안에는 내 예상대로 가족사진이 있었다. 중학교 졸업식 날 사진관에 가서 찍은 거다. 설명할 수 없는 감정이 갑자기 밀려들었다. 파도가 갑자기 밀려올 때는 가만히 있어야 한다는 어부의 말이 떠올랐다.

"유서는?"

내내 별렀던 말을 입 밖으로 내뱉었다. 그런데 엄마 표정이 묘하게 바뀌었다.

"나도 알아야지. 나도!"

지레 엄마가 안 된다고 할까 봐 내 것이 아닌 된 목소리가 흘러나왔다. 절대 물러설 생각은 없었다.

"없더라. 어딘가 있지 않을까 했는데 아무 데도 없어. 지금도 찾는 중이야."

"노트북! 아빠가 쓰던 노트북은?"

"엄마가 파일 전부 체크했는데 별다른 게 없어. 혹시나 파일 삭제한 게 없나 해서 수리점에 맡겨서 복구까지 해 봤는데……."

생각지 못한 답변에 말문이 막혀 버렸다. 엄마 말을 믿는다. 엄마는 보여 주기 싫으면 싫다고 말하지 거짓말을 하지는 않는다. 누구보다 엄마가 아빠한테 묻고 싶은 게 많지 않을까. 나는 상자를 챙겨서 자리에서 일어났다.

"엄마 있지."

엄마와 시선을 맞췄다. 아까보다 덜 어색했다.

"아빠, 자살 아니지 않을까?"

엄마 눈동자가 크게 흔들리더니 이내 눈을 꾹 감았다. 마음속 고통이 얼굴에 고스란히 드러난 엄마를 보자 괜히 말했다는 생각이 들었다. 아빠가 자살했다는 사실을 누구보다 뒤집고 싶은 사람은 엄마일 테니까.

"아빠, 잘 지내?"

정지 버튼을 눌렀다. 아빠가 출장을 갔다거나 따로 산다거나 할 때 어울리는 말이다. 들숨과 날숨을 몇 번이나 내쉬다가 천천히 녹음 버튼을 눌렀다.

"아빠, 나 재윤이. 나 아주 못 지내."

정지 버튼을 누르려다가 그대로 뒀다. 누구한테 들려줄 것도 아닌데 말을 예쁘게 포장하거나 그럴 필요는 없다. 한참 동안 녹음기를 노려보다가 천천히 입을 뗐다.

으음, 아빠가 없어서 많이 썰렁해. 할머니도 미국 아들한테 가셨어. 한 달 뒤에 온다고 하셨는데 더 빨리 오면 좋겠어. 오늘이 엄마랑 둘만 있는 첫날인데, 할머니가 우리 집 완충재잖아. 유리병 같은 거 상하거나 깨지지 말라고 감싸는 완충재. 완충재가 사라져서 서로 부딪치지 않도록⋯⋯, 상하지 않도록 노력해야지 뭐. 엄마도 그럴 것 같아. 오늘은 그런대로 괜찮았어.

아빠가 화장품 뭐 쓰는지 오늘 알았다. 어릴 때 아빠랑 나랑 같은 베이비 로션 썼던 거는 기억나. 내 얼굴에 발라 주려고 하면 아빠도 바르라고 떼썼던 것도 기억나고. 아빠랑 나랑 똑같은 냄새가 나서 좋았어. 아빠 생일 때 아빠가 자주 쓰던 화장품 선물했다면 좋았을 텐데.

근데 아빠, 아빠는 나한테 할 말이 없었어? 난 엄마가 아빠 유서를 갖고 있다고 생각했거든. 근데 그걸 보는 게 두려워서 계속 피하다가 엄마한테 물어봤는데 없대. 지금은 있어도 참, 글자가 오락가락 보였다 안 보였다 꿈틀거렸다가 기어가다가 그래. 그래서 녹음기에 말을 하는 거고. 큰 충격을 받으면 실어증이나 기억상실이 나타나기도 한다는데 나는 다행이지 뭐. 솔직히 불편하지만 불안하지는 않아. 그렇다고. 나도 무슨 소리 하는지 모르겠다.

아빠, 아빠가 그랬잖아. 사람은 말을 안 하면 모른다고. 아무리 친하다고 해도. 그런데 왜 아빠는, 왜 아빠 마음을 얘기하지 않았어? 엄마한테도 나한테도. 혹시 할아버지한테는 얘기했어? 나는 아빠가, 할아버지한테라도 얘기했으면 좋겠어. 안 그러면…… 아빠가 너무 힘들었을 것 같아. 할아버지는 아빠를 이해했을 거야.

3
돌아갈 수 없는 날

1

오늘은 어떨까. 갈 때마다 버겁고 무겁고 두렵다. 앞으로 얼마나 더 이 길을 가야 할지 모르겠다.

"야, 그 새끼 우리 덕분에 완전 부자 됐지 뭐. 합의할 거면서 튕기기는……. 솔직히 다리 없어도 살잖아?"

추락 사건이 일어난 뒤에도 우리는 정신을 못 차렸다. 승기가 양반다리를 하고 팔로 걷는 흉내를 내자 아이들이 낄 낄댔다.

"제일 재수가 없는 게, 죽으려고 뛰어내렸는데 병신 되는 거잖아. 해진이 새끼."

"닥쳐!"

현오 말에 더는 못 참고 나섰다. 현오는 보통 아이였다. 나도, 나머지 두 명도. 우리의 문제는 자신이 특별하다고 믿은 거였다. 엄마, 아빠가 세운 계획대로 좋은 대학을 가면 모든 문제가 해결되고 지금보다 더 특별하고 나은 존재가 될 거라고 확신했다. 엄마, 아빠의 직업과 경제력이 든든한 배경이었다. 아빠가 사기와 주가 조작으로 수배가 되었다는 사실을 안 순간 나의 갑옷과 창, 방패가 모두 사라졌다. 내가 얼마나 볼품없는 인간인지는 금방 드러났다.

현오랑 싸우면서 그동안 혼자서는 아무것도 못 하는 것들이 센 척, 잘난 척하면서 해진이를 샌드백처럼 쳤다는 걸 알아차렸다. 모두 패잔병의 얼굴을 하고 있었다.

해진이 사고 이후로 나는 밤마다 똑같은 악몽을 꾸었다. 꿈에서 해진이는 무섭게 나를 쫓아왔다. 도망치다 보면 해진이가 우리를 피해 달아나던 옥상이 나왔고 해진이가 뛰어내린 자리에 내가 서 있었다. 끔찍하게 피범벅이 된 해진이가 낄낄거리며 다가올 때면 두려워서 금방이라도 숨이 멎고 죽을 것 같았다.

2년이 다 되어 가지만 그 꿈은 여전히 나를 괴롭힌다. 이제는 그런 꿈을 꾸면 숨을 깊게 쉬었다 뱉었다 하면서 잎이 무성한 나무나 녹색이 가득한 들판, 귀엽고 예쁜 개를 떠올린다. 내 나름대로 강구한 방법인데 효과가 있을 때도 있고 없을 때도 있다.

　재윤이는 늘 시선을 아래로 둔다. 시선을 올리면 무의식적으로 건물이 있든 없든 12층이 어디쯤 되는지 찾는다고 했다. 그 지점을 보면 누군가 떨어지는 환상을 보게 되고 호흡이 가빠지면서 죽을 것 같다고 했다. 얼마만큼의 시간이 흘러야 재윤이가 고개를 빳빳이 세우고 다닐지 모르겠다. 나처럼 재윤이도 시간이 오래 걸릴 것 같다.

　병원에 들어가 3층으로 곧장 올라갔다. 침상이 비어 있다. 아마 물리 치료실이나 운동 치료실에서 힘든 시간을 보내고 있을 거다. 엄마가 챙겨 준 주물럭과 반찬을 냉장고 아래 칸, 해진이 자리에 놓았다. 그새 입원실 사람들은 계속 바뀌었고 해진이 침상 위에 있던 그림도 바뀌었다.

　인기척에 고개를 돌리니 해진이가 와 있었다. 목까지 벌겋게 된 해진이는 한눈에도 많이 지쳐 보였다.

　"지호 왔니?"

　뒤따라 들어오던 해진이 엄마가 아는 체를 했는데 해진이 못지않게 지치고 피곤해 보였다. 고개를 숙이고 인사를 했다. 매월 둘째, 넷째 월요일에 해진이를 찾아온 지도 열 달이다 되어 간다.

동생 지수가 팔을 덴 적이 있다. 식당에서 일하는 아저씨가 숯불이 담긴 화로를 옮기다가 뒤에서 따라오던 지수를 보지 못해 생긴 일이었다. 얼마나 울었는지 눈이 사라질 정도로 탱탱 부은 지수 얼굴과 붕대로 감싼 팔을 보는 순간 가슴에 불이 난다는 말의 의미를 깨달았다. 그리고 해진이가 떠올랐다.

작은 화상 자국도 끔찍하고 떠올리기 싫은 기억인데 해진이는 자신의 다리를 볼 때마다 얼마나 괴롭고 아플까. 사고가 나고 엄마가 알게 되고 해진이 앞에서 무릎까지 꿇었지만 그때 솔직히 미안하다는 생각보다는, 재수 없다는 생각이 먼저였다. 해진이보다 아빠 회사의 부도가 더 걱정됐었다. 그때로 되돌릴 수만 있다면……, 계속 후회 중이다.

병원 앞에서 망설이다가 병원 안으로, 해진이가 있는 입원실 복도까지, 복도에서 다시 병실 앞까지 가는 데 시간이 오래 걸렸다. 척추를 다쳐 하반신 마비가 된 해진이를 몇 번이나 훔쳐보다가 해진이 엄마한테 들켰다. 그다음부터는 병실 안에 들어가 해진이를 만나고 내가 할 일을 찾아서 하고 있다. 해진이 엄마가 어느 순간부터 말을 건넸고, 그 말이 와도 된다는 허락 같아서 계속 오고 있지만 해진이는 지금까지 나를 없는 사람으로 취급한다. 해진이 엄마는 내가 가는 월요일이면 집에 가서 볼일을 보고 저녁때 다시 온다.

"저 새끼 오지 말라고 해. 엄마는 그러고 싶어? 나 병신 만든 놈한테 자식 맡기고 싶냐고?"

"해진아, 그 소리 지겹지도 않아? 엄마도 숨 좀 쉬자. 너만 볼 수가 없잖아. 우주도 봐야 하고 할 일도 많아."

"엄마도 오지 말라고. 간병인 쓰면 되잖아. 그 새끼들한테 합의금 얼마 받았는데? 평생 쓸 만큼 안 받았어?"

"그 돈을…… 어떻게 쓰냐? 그 돈은, 나는 죽었다 깨도 못 쓰니까 네가 써라. 네가 다 써."

더는 한 공간에 있을 수 없어서 밖에 나와 서성거렸다. 잠시 뒤 해진이 엄마가 나오더니 말했다.

"해진이 운다. 너 때문에 저렇게 됐는데 우는 것까지 보여 줬다가는……."

얼굴이 화끈거렸다.

"부탁 하나만 하자."

어떤 부탁이라도 들어줄 생각이었다.

"한두 번 왔다가 갈 줄 알았는데 계속 와 줘서, 고맙다. 근데 언제까지 올 거니? 너도 모르겠지."

딱히 내 대답이 필요한 거 같지 않았다. 해진이 엄마 말처럼 나도 모르는 게 맞다.

"만약 안 오게 되면 미리 얘기해 줘. 해진이가 말은 저렇게 해도, 네가 갑자기 안 오면 더 낙심할 수 있어."

"예. 그럴게요."

해진이 엄마는 그러면 됐다는 듯이 긴 한숨을 내쉬었다.

처음 만났을 때가 떠올랐다. 병원에서 서성이던 나를 발견한 해진이 엄마는 내 예상과 다르게 악담을 하거나 때리거나 쫓아내지 않았다. 무표정하고 높낮이 없는 목소리로 물었다.

"왜?"

나는 떠듬떠듬 동생이 다쳤고 해진이가 생각났다고, 그래서 왔다고 했다.

"너한테 악다구니 쓸 힘도 없어. 그럴 힘 있으면 우리 해진이 치료하고 운동시키는 데 쓸 거야."

침묵 뒤 나온 말은 날카롭게 나를 관통했다. 그냥 따끔하고 아픈 것이 아니라 뭉근한 통증이 온몸을 타고 돌았다. 오기 전에 혹시 해진이 엄마가 나를 보면 다짜고짜 때리거나 욕을 하지 않을까, 때린다면 어디까지 참아야 하나 걱정했다. 한 다섯 대 정도는 참고 맞겠다고 생각한 얄팍한 마음이 부끄러웠다. 그날부터 학교를 다닐 때는 주말에, 자퇴한 다음에는 고깃집이 쉬는 날에 왔다.

처음엔 뭘 해야 할지 몰라서 해진이 엄마가 하는 일을 조금씩 대신했다. 그러면서 익숙해졌다. 해진이가 본 척 만 척 해도 서운하지 않았지만 어떨 때는 악담을 듣고 매를 맞는 게 나을 것 같을 정도로 침묵이 버겁고 아팠다.

그러던 어느 날, 해진이 눈빛이 반짝이는 것을 봤다. 해진이 눈빛을 따라간 곳에는 팬터마임을 하는 아저씨가 있었다. 병원 로비에서 작은 음악회나 마술 공연을 하는 것은 알았지만 팬터마임을 보는 건 처음이었다.

외톨이 소년이 자신을 괴롭히는 아이들을 피해 도망가다가 버려진 먼지떨이를 발견했다. 소년은 먼지떨이를 잡고 이리저리 휘두르는데 먼지떨이는 창도 되고 칼도 되다가 어느 순간 소년을 태우고 하늘을 날아다닌다. 날아가는 소년이 손을 흔들고 인사를 하자 모여 있던 사람들이 박수했다.

사람들이 뿔뿔이 흩어지고 아저씨, 아니 마임이스트는 망토와 모자, 먼지떨이를 챙겼다.

"아저씨."

"으응?"

"언제 또 오세요?"

아저씨가 나를 아래위로 훑어보았다.

"여기? 겨울쯤 올 것 같은데."

겨울은 너무 먼 미래였다. 발길을 돌리던 나는 다시 아저씨한테 다가갔다.

"아저씨, 걔요. 그냥 하늘로 날아가면 어떡해요? 돌아와서 나쁜 친구들 무찌르고 잘 살면 안 돼요? 그걸로 공연하시면 안 돼요?"

아저씨는 마술 도구를 넣은 커다란 가방 하나를 나한테 쥐여 주더니 따라오라고 했다. 낡은 봉고차에 짐을 실은 아저씨는 주차장 자판기에서 음료수를 뽑아 건넸다.

아저씨의 작은 호의에 무방비 상태가 된 나는 내 얘기를 줄줄 털어놓았다.

"네가 해 보렴."

무슨 말인지 몰라서 아저씨 얼굴을 빤히 쳐다보다가 뒤늦게 말뜻을 알아차렸다.

"에엣! 말도 안 돼요."

입으로는 안 된다고 해 놓고는 머릿속에는 전혀 다른 상상이 돌아다녔다. 마임이스트가 되어 입으로 줄줄이 사탕을 뱉어 내고 눈물을 쏟아 낸 뒤 자유롭게 날아다니는 거다. 더 말도 안 되는 상상은 그런 나를 보고 해진이가 환하게 웃는 모습이다.

2

외삼촌 가게라고 해도 마음대로 땡땡이칠 수 없다. 외삼촌은 정확하게 시급을 계산해 월급을 주었고 나는 그에 맞는 일을 해야 했다. 다른 곳의 알바를 찾아봐도 식사를 제공하고 휴일이 있으면서 시급까지 제대로 챙겨 주는 곳은 거의 없었다.

손님이 오면 숯불을 가져다가 손님상에 집어넣고 불판을 올리고 불 조절하고 불판을 갈아 준다. 손님이 나간 뒤에는 불판을 물통에 넣고, 화로에 남은 재를 털고 정리한다. 비는 시간 틈틈이 불판도 닦고 청소도 한다. 물론 일하는 아주머니와 아저씨가 있지만 내가 안 하면 엄마가 해야 할 일들이다. 엄마도 외삼촌도 부지런히 일한다.

가게 뒷문으로 들어가면 우리 집이 있다. 작은 마루를 중심으로 왼쪽에는 부엌이 있고 오른쪽에는 방 두 개가 맞닿아 있다. 엄마와 지수가 잘 때까지 뭘 하는지 보지 않아도 알 수 있다.

"애인 왔어."

마당 수돗가에서 철 수세미로 불판을 북북 씻는데 아저씨가 큰 소리로 말했다. 놀라서 보니 아저씨 뒤에 재윤이가 서성거리고 있었다. 나는 손을 들어 평상을 가리켰고 재윤이는 말 잘 듣는 아이처럼 조용히 평상에 가서 앉았다.

불판을 수돗가로 나르던 아저씨가 웃으며 말을 건넸다.

"애인이 왔는데 말이야, 이렇게 일만 하고 있을 거야?"

"애인 아니에요."

"아니야? 진짜?"

외삼촌의 먼 친척이라는 아저씨는 못 믿겠다는 얼굴로 자리에서 일어나 가게로 갔다. 불판을 헹구고 치우는 것은 고스란히 내 몫으로 남았다.

불판을 헹구는데 하얀 팔이 물통 안으로 들어왔다.

"뭐야?"

재윤이가 행군 불판을 큰 채반 위에 올려놓았다.

"그냥 있어."

"심심해."

물에 담근 손을 빼라고 해 봤자 말을 들을 애가 아니다. 재윤이는 고개를 까닥거리며 무슨 놀이를 하는 것처럼 재미있게 불판을 헹궜다. 재윤이 덕분에 일은 빨리 끝났다. 이제 5시까지는 휴식이다.

온몸이 쑤시고 기운이 쑥 빠졌다. 평상에 그대로 누워서 자고 싶다.

"나 아이스크림 먹고 싶어."

재윤이 말에 가게 안으로 들어가 공짜로 제공하는 아이스크림을 퍼 담았다. 싸구려지만 싸구려 같지 않게 예쁘게 담으려고 했는데 실패다. 공짜 아이스크림을 맛나게 먹는 재윤이 모습이 낯설었다.

사람은 달라질 수 있다. 어떤 사건을 겪거나 환경이 바뀌면. 하지만 시간이 지나고 어느 정도 여파가 사라지면 결국은 자신의 자리로 돌아간다. 나는 돌아갈 자리가 없어서 이곳에 머물지만 재윤이의 자리는 여전히 그대로 있다.

아이스크림을 먹던 재윤이가 가방에서 빛바랜 공책을 꺼

냈다. 재윤이가 태어났을 때 재윤이 아빠가 휴직하고 재윤이를 돌봤다고 했다. 그때 쓴 육아 일기였다.

"3월 5일. 10시 분유 180시시. 배냇짓을 하며 웃음. 11시 묽은 똥."

"잠깐! 이따 읽어. 아이스크림 먹는데 똥 얘기네."

인상을 한껏 쓰는 재윤이가 귀여우면서 안쓰럽다. 아빠를 안 본 지 2년이 다 되어 가지만 나에게는 어쨌거나 아빠가 있다. 아빠는 아직 교도소에 있다. 나도 아빠도 편지를 쓰지 않는다. 엄마 혼자 면회를 가고 지수가 쓴 편지를 아빠한테 전해 줄 뿐이다.

"뭐 이렇게 먹는 거랑 똥 얘기밖에 없어?"

"아기들한테는 그게 중요하니까 그렇지."

"완전 원초적, 동물적이다. 먹고 싸고, 자는 것 말고는 아무것도 없어."

"그러니까 아기지."

아기는 아니지만 자신의 의지대로 움직일 수 없는 해진이가 떠올랐다. 소변 주머니를 달고 다니는 해진이가 얼마나 힘들고 막막할지 가늠할 수가 없다.

"난 좀 다른 게 적혀 있는 줄 알았는데."

나 역시 그럴 줄 알았다. 재윤이 아빠가 시인이었다는 것을 알고 난 뒤 재윤이가 가져온 육아 일기나 수첩을 보면서 뭔가 다른 게 있을 거라는 생각을 했다. 그런데 육아 일기에는 재윤이가 분유를 얼마나 먹었는지, 똥을 몇 번 오줌을 몇 번 눴는지, 잠을 몇 시간 통잠을 잤는지가 적혀 있었다. 재윤이가 커 가면서 거기에는 이유식으로 뭘 먹었는지 어떻게 먹었는지가 추가되었다. 곳곳에 '예쁘다' '행복하다' '내 딸 잘 크길' '사랑해 재윤' 'happy together' '안녕' 같은 말들도 적혀 있었다. 평범하지만 사랑이 담긴 솔직한 말이다.

"아, 7월 10일은 뭔데? 내가 어쨌다고 예쁘다는 말이 없는 거야? 너 일부러 안 읽는 것 아냐?"

재윤이 억지에 손가락으로 일기장을 짚어서 보여 주었다.

"봐, 봐. 없잖아."

재윤이는 내 손을 신경질적으로 뿌리쳤다. 가끔은 재윤이가 난독증이 아니라 난독증인 체하는 게 아닐까 하는 생각이 들 때도 있다. 하지만 '굳이 뭐 하러 나한테.'라는 생각을 하면 그런 의심은 사그라든다.

"네가 읽을 수 있을 때 읽어. 내가 포스트잇으로 꼭 붙여 놓을 때니까. 확인해 보고 아니면 꿀밤 세 대. 알았지?"

갑자기 재윤이 얼굴이 눈앞으로 다가왔다.

"뭐, 뭐야?"

손으로 얼굴을 밀어내려고 하는데 재윤이 손이 빨랐다. 나도 모르게 오른쪽 눈을 감았다. 재윤이 손이 오른쪽 눈두덩을 만지작거렸다. 온몸의 열이 눈 쪽으로 확 몰렸다. 손길이 지나간 뒤 눈을 뜨자 재윤이가 저만큼 물러나 있다.

"그때도 꿀밤 세 대였는데. 꿀밤 서른 대 해도 됐겠다."

어릴 때부터 재윤이는 놀 때 열심이었다. 쉬는 시간에도 가만히 있지 않았다. 공차기도 잘하고 달리기도 잘하고, 무엇을 하든 몸을 사리지 않고 열심히 놀아서 더 친해졌는지 모르겠다.

초등학교 4학년 때 같은 반이었는데 누군가 장난감 활과 화살을 갖고 왔다. 재윤이가 화살을 만지작거리다가 휙 던졌다. 누군가를 겨냥하고 던진 것은 아니었는데 내가 맞았다. 정확히 오른쪽 눈썹 아래 눈두덩에 찍혔다. 너무 아파서 비명을 지르고 두 손으로 얼굴을 가리고 주저앉았다. 아픔이 지나간 뒤 손을 뗐을 때 재윤이가 앞머리를 한 손으로 올리고 이마를 갖다 댔다.

"꿀밤 때려. 몇 대 할 거야?"

화가 나서 확 밀어 버리고 싶었는데 톡 튀어나온 이마를 보는 순간 전의를 상실했다.

"세 대."

"알았어. 세 대."

선생님이 오는 바람에 그날 때리지는 못하고 다음 날 반 아이들이 모인 곳에서 기념식을 하는 것처럼 마주 보고 서서 재윤이 이마에 꿀밤 세 대를 때렸다.

"흉터 남았네."

흉터가 남은 것도 잊고 지냈다.

"그래? 난 몰랐는데."

"왜 몰라? 네 몸인데?"

"사는 데 지장 없으니까."

이깟 흉터는 아무렇지 않다.

"내가 뭘 잘못해서 이런 일을 겪는지 되짚어 보고 있어. 아주아주 어렸을 때 기억이란 게 있을 때부터. 고양이가 무서워서 소리 지르면서 난리 쳤던 거. 병아리 사다가 제대로 돌보지 않아 죽였던 거, 아이들 무시하거나 싸웠던 거 그런 거. 근데 아무리 생각해도 아빠가 죽을 만큼 잘못한 일은 없는 거 같거든. 근데 왜 이렇게 됐을까?"

나도 자주 재윤이처럼 생각하곤 했다. 왜 나한테, 왜 나만. 재윤이와 다른 게 있다면 나는 가해자이고 나쁜 일이 생겨도 감수해야 한다는 점이다. 이런 나와 달리 재윤이는 아무 잘못이 없다.

"네 잘못 아냐."

"알고 있어. 내 잘못 아닌 거. 근데……."

재윤이가 평상에 벌렁 누웠다.

"다 걸린다. 나 17년도 안 살았는데 모든 게 후회가 돼. 다시 돌아간다면 그렇게 안 할 텐데. 고양이 보고 소리 질러서 애들이 쫓아가게 하지도 않고 아이들 무시하지도 않고, 싸우지도 않고, 너한테 화살 던지지도 않고……."

재윤이는 팔을 들어 눈을 가렸다.

나 역시 수십 번 아니 수백 번 생각했다. 어디서부터 잘못되었을까. 해진이를 놀리던 친구들을 그대로 보고 있던 것에서 시작한 후회는 나에게 기억이 남아 있는 오래전 날들로 거슬러 올라갔다. 재윤이와 마찬가지이다. 나의 삶에서 걸리는 일들을 되풀이해 본다. 몇 번이나 반복해도 결말은 한 가지였다. 두 번 다시 돌아갈 수 없다는 것.

재윤이가 제대로 닦지도 않은 낡은 평상에 누워 눈물을

흘리며 후회를 할 줄 누가 알았을까. 내가 자퇴를 하고 고깃집에서 알바를 할 줄 누가 알았을까. 나는 아무 말도 하지 않고 자리를 피했다.

3

푸짐하게 차려진 밥상이다. 갈비찜에 생선구이에, 수육과 각종 쌈 채소에 튀김, 잡채에 전까지…… 뭘 먼저 먹어야 할지 잠깐 망설였다. 상대방은 이미 허리띠까지 푼 채 먹고 있다. 나도 질세라 상추 한 장을 한 손에 올리고 수육 한 점 올리고 겉절이까지 올렸다. 정신없이 먹고 있는데 고기만 먹지 말고 다른 반찬도 골고루 먹으라는 지적을 받았다. 어떻게 먹어야 잘 먹는 건지 몰라 망설였다.

"고기 먹는 건 쉽지. 손에다 쌈 채소 하나 올리고 고기 올리고 입이 미어터져라 벌려서 우물거리면 되니까. 근데 연근튀김인지 고구마튀김인지를 구별하는 건 쉽지 않지."

오늘은 마임을 배우는 날이다. 푸짐한 한 상을 상상하며 먹는 건 쉬울 것 같았는데, 예상이 어긋났다.

나의 선생님인 김중건 마임이스트는 어울리지 않게 중고
책방의 사장이기도 했다. 시장 한구석에 있는 지하 책방에
는 손님이 있는 날보다 없는 날이 많았는데 그곳에서 나는
매주 한 번씩 선생님께 마임을 배웠다.

병원에서 처음 만났을 때 마임을 배우고 싶다는 내 말에
선생님은 몇몇 학원 이름을 댔다.

"선생님이 해 보라고 하셨잖아요. 선생님이 알려 주세요."

내 얘기를 들어줬다는 이유 하나만으로 선생님을 붙잡고
매달렸다. 그리고 얼결에 선생님이 준 명함에는 뿌리 중고
서점 사장 김중건이라는 이름이 있었다.

"선생님, 고구마튀김인지 연근튀김인지 꼭 알아야 해요?
어떻게 구별해요? 둘 다 뿌리채소 아닌가요?"

"말이 그렇다는 거야. 제자가 고분고분한 맛이 없어."

병원에서 자원봉사를 하는 선생님은 한때 잘나가는 마
임이스트였다. 선생님이 말해 주지 않았지만 그냥 한번 이
름이나 쳐 보자 했는데 인터넷에서 발견할 수 있었다.

"선생님 제자 있어요?"

선생님이 손가락 하나를 살포시 들었는데 손가락이 '왜?'
라고 물었다. 정말 저 손을 훔쳐서라도 갖고 싶다.

"혹시 제가 첫 제자 아닌가 해서요."

선생님이 콧방귀를 꼈다. 이미 수많은 제자가 왔다가 떠났다. 그리고 내가 왔다. 이 모든 설명을 선생님은 말 한마디 안 내뱉고 동작과 표정으로 설명했다.

선생님의 지도 방법은 예측 불허였다. 교재도 없었고 누군가의 영상을 보라거나 따라 하라거나 설명하지 않았고, 틀렸다는 말도 하지 않았다. 선생님을 만나면 상황이 펼쳐졌다. 꼬마가 울고 있었고 잔치가 벌어졌고 물에 빠지기도 했다. 처음에는 어떻게 해야 할지 몰라 멀뚱히 쳐다보기만 하다가 조금씩 몸을 쓰기 시작했다. 어색하고 부끄럽기도 했지만 진지한 선생님의 마임을 보고 마음을 고쳐먹었다. 어느새 선생님의 마임을 곁눈질하며 따라 하는 여유도 생겼지만 매번 내 동작은 어설프고 아쉬웠다.

제자들이 왜 못 견디고 나갔는지도 알 것 같았다. 시간이 너무 오래 걸렸다. 선생님의 마임 수업은 마치 시험이랑 상관없이 모든 책을 읽게 하는 것 같았다. 나는 전문적인 마임이스트가 되겠다는 게 아니니까 일하는 짬짬이 해도 별 상관이 없지만, 빠른 결과를 바라는 사람에게는 더디고 답답할 수 있다.

"오늘 책 들어온 거 분류 좀 잘하고."

배 터지도록 먹은 선생님은 기지개를 활짝 켜면서 햇볕을 쬐러 밖으로 나갔다. 수업료는 말도 안 되는 노동이다. 고작 백 권도 안 되는 책을 책장에 정리하고 청소했다. 마음이 움직여서 하는 일이다. 돈도 안 되는 제자를 받아들인 선생님에 대한 감사의 마음도 얹었다.

"지호야, 책상 아래에 있는 책 지수 갖다줘라."

뭔가 중요한 것을 잊은 것처럼 허겁지겁 들어온 선생님은 그 말만 내뱉고 다시 나갔다. 어린 동생이 있다는 것을 안 선생님은 들어오는 책 중에서 지수가 읽을 만한 책을 몇 권씩 챙겼다. 예전에는 전혀 몰랐던 누군가의 마음을 보게 되었다. 고마운 마음이 든다. 해진이 엄마한테도, 선생님한테도.

북쪽 끝에 있는 뿌리 서점에서 서쪽 끝자락에 있는 전원 숯불 갈빗집으로 돌아왔다. 처음에는 제대로 된 대문도 없이 가게를 통해 집으로 들어가는 게 못마땅하고 우울했지만 이제는 아무렇지도 않다.

이곳으로 이사 왔을 때 엄마와 나, 지수까지 모두 변비에 걸렸다. 수세식이지만 실내가 아닌 마당 한쪽에 덩그렇게 있는 화장실에서 볼일을 보기가 쉽지 않았다. 힘들어하지 않을까 걱정했던 지수가 제일 먼저 적응했다.

혼자서 텔레비전을 보고 있던 지수는 내가 가져온 그림책을 보더니 반색을 하며 책을 펼쳤다. 도서관에서 빌려 보는 책이 아니어서 색연필로 그림을 그려도 되고, 찢어도 된다. 이사 온 지 얼마 되지 않은 어느 날, 지수가 혼자 울고 있었다. 엄마는 식당 주방에서 일하느라 정신이 없었다. 굵은 눈물을 뚝뚝 흘리며 지수가 서럽게 운 건 도서관에서 빌려 온 책을 실수로 찢어서였다.

"어엉, 어떡해? 이거. 으으헝."

책 한 권 때문에 우는 지수를 보고 큰 충격을 받았다. 아빠가 교도소를 가도 실감 나지 않았던 현실이 무섭게 다가왔다. 가난이 얼마나 아이 마음을 안달하게 하는지 눈으로 확인했다. 내가 지수만 할 때 내 마음대로 안 돼서 운 적은 있어도, 어떤 물건을 갖고 싶어서 울었던 기억은 없었다. 지수를 달래서 똑같은 책을 사러 갔는데 안심하고 웃는 지수 표정이 눈물보다 더 아팠다.

그러고 나서 학교에 가지 않겠다고 말했다. 엄마는 검정고시를 보겠다는 내 말을 들으려고도 하지 않았다.

"예전에 엄마가 나 남녀공학 가게 되면 자퇴하는 게 낫겠다고 했잖아."

"그때는 내신 때문에 그랬지. 지금이 그때랑 같아?"

물론 다르다. 그때는 대학은 당연히 가는 거였지만 이제는 대학에 갈 생각이 없다. 나중에 마음이 바뀌면 그때 가면 된다.

"엄마, 내가 학교에서 어떻게 있는 줄 알아? 전학 온 뒤로 1년 넘게 그냥, 학교에 앉아만 있어. 내 성적 보면 잘 알잖아. 선생님이 무슨 말을 하는지도 모르겠고, 어제가 오늘 같고 오늘이 내일 같아. 너무 빤하고 답답해. 나 믿어 달라는 말은 못 하겠는데, 내가 하고 싶은 공부 있으면 그때 열심히 할게."

무서울 것 없고 부러울 것 없던 생활이 무너지면서 내 삶은 흑백으로 바뀌었다. 당연하게 여겼던 생활이 급격하게 무너졌다. 외삼촌 식당 주방에서 일하는 엄마도 아빠를 찾으며 우는 지수도 변화를 감당하는 게 쉽지 않았다. 아빠 때문에 자살을 시도한 피해자가 있다는 뉴스를 봤을 때 무엇보다 큰 충격을 받았다.

나와 엄마가 싸우는 것을 본 외삼촌은 엄마를 설득했다. 외삼촌은 나한테 일을 하겠느냐고 물었다.

"오빠 자식이라면 여기서 일하라고 할 거야?"

엄마는 내가 학교를 자퇴하겠다고 했을 때보다 더 격렬하게 반대했다.

"응. 나는 내 자식이 학교도 안 가고 시간이 펑펑 남아돌면 일하라고 할 거야. 다른 사람도 돈 주면서 일 시키는데 그래도 내 식구한테 나가는 게 덜 아깝지."

"하!"

외삼촌 말에 엄마는 기막혀했다. 당장 나갈 곳이 있다면 보따리를 싸 들고 나설 기세였다.

"나 할래요. 엄마 할게."

엄마도 나를 막지는 못했다. 그렇게 나는 전원 숯불 갈빗집의 알바생이 되었다. 외삼촌은 엄격했다. 지적은 시도 때도 없이 하면서 잘했다는 칭찬에는 인색했다. 하지만 손님들이 함부로 대할 때면 내 앞에 서서 든든한 방패막이가 됐다.

또래 아이들을 보면 혹시나 나를 알지 않을까 움츠러들 때도 있었지만 그런 생각도 금방 사라졌다. 아무 생각 없이 책상에 앉아 있는 것보다 몸을 움직여 숯불을 나르고 돈을 버는 일이 더 생산적이었다. 두 번 다시 예전에 살던 집으로 돌아갈 수 없겠지만 아빠 친구 집 창고에 보관하고 있는 우리 물건은 가져오고 싶었다. 또 지수가 돈 때문에 우는 일은 없게 하고 싶었다.

"오빠, 나 색연필 줘."

"응?"

지수가 책 뒤에 부록으로 붙은 부분을 가리켰다. 캐릭터 그림 색칠 놀이였다. 지수 책상 서랍에 있는 색연필 세트를 꺼냈다.

"무슨 색 줄까?"

"노랑."

지수 눈은 책에 있고 손만 내밀었다. 내가 주지 않자 지수가 고개를 들었다. 난 고개를 옆으로 돌리고 색연필을 입으로 아작아작 씹는 흉내를 냈다. 지수가 배를 잡고 까르륵거렸다. 색연필이 입안에서 완전히 사라진 뒤 다시 색연필을 입에서 꺼내 줬다.

"오빠, 우리 학교에 엄마, 아빠 와서 수업하는 거 있거든. 오빠가 그거 해."

"내가? 엄마나 아빠가 하는 거잖아."

"오빠가 하면 인기 짱일 건데."

지수는 아쉬워하며 색연필로 모자를 칠했다. 오빠가 해도 되는지 안 되는지 모르지만 고등학교도 안 다니는 오빠 때문에 지수가 이상한 눈초리를 받을지도 모른다. 생각지 못한 문제에 직면했다. 나중에 지수가 나를 부끄럽게 생각하면 어떡하지? 내가 학폭 가해자인 걸 알게 되면 지수가 나를 피하지 않을까? 걱정에 걱정이 더해졌다.

마음이 복잡할 때는 마임을 본다. 20대 젊은 시절 선생님이 외국 극장에서 공연한 '풀'이라는 작품이다. 선생님은 하나의 잎사귀이다. 바람에 흔들리면서 울다가 드러누웠다가 일어서서 웃는다.

그다음 마임 드라마의 영역을 구축한 마르셀 마르소 공연을 본다. 마르셀 마르소는 하얗게 칠한 얼굴에 검은 눈물방울이 있고, 모자에 빨간 꽃을 꽂은 '비프'라는 피에로 캐릭터를 만들었다. 아버지가 아우슈비츠 수용소에서 죽고 레지스탕스가 되어 아이들을 나치로부터 도주시킨 그의 이력 때문인지 그의 마임을 볼 때면 가슴이 아릿해졌다.

4

재윤이를 만나면 마음이 복잡해진다.

"하루에 자살하는 사람이 얼마나 많은지 알아? 서른여덟 명이나 된대. 그중에 우리 아빠도 있는 거지. 아니다, 우리 아빠는 자살 아냐."

자살 아니라면서 계속 자살 얘기를 하는 건 뭔데. 재윤이 말은 종잡을 수 없다. 하긴 사랑하는 가족이 죽었는데 멀쩡하게 일상을 보낼 수 있을 것 같지 않다.

재윤이가 돈을 주겠다는 얘기를 했을 때 뒤돌아서지 못한 것은 아무렇지 않은 척하려는 말과 다르게 떨리던 재윤이 눈 때문이었다. 옥상에 있던 해진이를 모른 척해서 사고가 났는데 재윤이까지 모른 척할 수 없었다.

사고가 난 날은 10년 넘게 키우던 강아지 망고가 췌장염으로 죽은 지 얼마 되지 않은 때였다. 언제부터인가 망고를 보는 둥 마는 둥 했지만 망고가 갑자기 떠나고 나서 계속 우울했다.

정적만 있는 집에서 나가려는데 마침 현오가 모이라고 했다. 우리는 현오를 이름보다 백억이라는 별명으로 불렀다.

우리 아지트는 현오 아버지의 상가 건물 옥상이었다. 옥상에는 꽤 그럴듯한 사무실이 있었는데 그게 문제였다. 우리는 거기 모여서 담배를 피우고 술을 마셨고, 게임도 했다. 백억이는 심심하면 해진이를 그곳으로 불러서 킥을 날렸다.

"일대일로 싸우자!"

해진이 말에 아이들이 환호성을 지르며 박수를 쳤다.

"그래. 맨날 여럿이 그러지 말고 일대일로 해 봐."

내 말에 백억이 시선이 싸늘해진 것을 알았지만 그때는 모든 게 시시하게 느껴져서 무슨 일이든 일어나기를 바랐다. 내 말이 진심인 것을 안 백억이는 당황했고 친구들도 나서서 말리지 않았다. 백억이를 골려 주고 싶은 마음이 우리 모두에게 있었다.

우리는 사무실 밖으로 나갔다. 백억이와 해진이는 어설프고 지루하게 싸웠다. 해진이 주먹에 백억이 맞았을 때는 통쾌했다. '진작 저렇게 하지.' 생각하며 속으로 해진이를 응원했다. 하지만 그런 사람은 나뿐이었고 시간이 지나자 싸움은 일대일이 아니라 삼 대 일이 되었다.

코피를 흘린 사람은 졌다고 인정해야 한다. 어릴 때 싸움의 규칙이었다. 백억이 코에 피가 묻어났지만 백억이는 사무실에 있던 골프채를 들고나와 휘둘렀다.

"에이, 시시한 새끼들!"

내가 친구들을 향해 소리를 지르자 해진이가 놀란 눈으로 나를 봤다. 언제나 눈을 내리깔고 있어서 눈을 제대로 본 적이 없었는데 해진이의 갈색 눈동자를 보자 동그란 망고 눈이 겹쳐졌다. 온몸을 가늘게 떠는, 망고를 연상시키는 해진이한테서 벗어나기 위해 등을 돌렸다.

사무실로 들어가려는데 일순간 조용했다. 모든 소음이 사라지고 공기가 팽창해서 뭔가 터질 것 같다는 느낌이 본능적으로 들었다. 뒤를 돌아보니 해진이가 옥상 난간 밖으로 오른쪽 다리를 내밀고 있었다.

말려야 한다고 생각했다. 더는 이렇게 어울려 놀지 않겠다고 생각했다. 생각이 계속 쌓이는 사이 해진이는 사라졌다.

뿔뿔이 흩어지고 다시 모였을 때 변호사가 있었다. 우리는 선생님께 주의를 받고 반성문을 쓴 뒤 별 탈 없이 학교에 다녔다. 그러다가 아빠가 구속됐다. 이미 우리가 사는 집은 우리 집이 아니었고 돈이 될 만한 것들을 챙길 수 없었다.

너네 망했다며?

백억아, 지호 새끼 좀 도와줘라.

이사 가기 전에 파티하자. 쫑파티 ㅋㅋ

백억이와 찬영이, 승기 모두 서로의 편의 때문에 어울렸던 사이였을 뿐 친구가 아니었다. 뭘 해야 할지 몰라 멍하게 지내던 어느 날, 엄마가 나오라고 했다. 엄마와 택시를 타고 간 곳은 병원이었다. 병원 앞에서 안 들어간다고 실랑이를 벌였다. 이해가 안 됐다. 아무도 안 오는데, 내가 왜 여기 와야 하냐고 방방 뛰고 난리를 쳤다.

쫘악!

찰나의 순간이 슬로비디오처럼 느껴졌다. 사람들이 많은 곳에서 엄마한테 맞을 거라고는 상상도 못 했다. 나는 엄마를 비웃었다.

"이런다고 뭐가 달라져? 뭐 하자는 거야?"

뒤돌아서는데 엄마가 내 손을 잡았다. 엄마에게 잡힌 손을 빼내려고 했지만 엄마는 핏줄이 튀어나올 정도로 온 힘을 다해 나를 잡아당겼다.

엄마가 나를 끌고 간 곳은 중환자실 앞 복도였다. 주변에서 서성이던 엄마는 누군가를 보자마자 서슴없이 무릎을 꿇었다. 무릎을 꿇는 게 얼마나 쉬운 일인지 엄마를 보고 알았다. 쪽팔려서 사라지고 싶었다. 해진이 엄마는 일어나라는 말도 하지 않고 중환자실로 들어갔다. 엄마를 일으켜 세우려고 난리를 쳤지만 엄마는 땅에 박힌 무거운 돌덩이처럼 꼼짝하지 않았다. 나는 혼자서 도망쳤다.

갈 곳이 없었다. 무릎을 꿇은 엄마와 엄마를 본체만체하던 해진이 엄마가 교대로 나를 괴롭혔다. 만날 사람이 없었다. 그냥 돌아다녔다.

엄마도, 너도 잘못했어. 용서 못 받아도 빌자. 해진이 지금 혼수상태야. 깨어나라고 빌자.

"아, 나한테 왜 이래!"

문자를 보는 순간 앞이 아득했다. 해진이가 많이 다쳤을 거라는 생각은 했지만 중환자실에서 깨어나지 못하고 있을 줄은 몰랐다. 온갖 후유증을 안고 깨어나면 어떡하나 하는 생각도 들었다. 우리 집은 거지가 돼서 줄 돈이 없는데…….

있는 돈을 털어 피시방에서 지내다가 아이들이 많이 모인다는 공원으로 갔지만 어울릴 엄두를 못 냈다. 내가 그곳 아이들한테는 해진이와 같은 취급을 받을 수 있다는 사실이 현실로 다가왔다.

백억이 패거리 중에서 그나마 친했던 승기한테 전화를 했다. 다행히 승기는 내가 있는 곳으로 왔다. 돈을 빌리는 대가로 나는 승기의 하소연을 들어야 했다.

"아오, 씨이. 아빠가 수시로 폰 검사하고 난리도 아냐. 짜증 나. 백억이 새끼 때문에 우리 뭐냐? 저번에 할아버지 제사 갔는데 사촌 형한테 왕창 깨졌어. 자기들 쪽팔리게 하지 말라나? 도대체 누가 소문낸 거야? 참 백억이 미국 간대. 걔가 원래 미국 캘리포니아 출신이잖아. 미국 이름이 브라이언이야. 나중에 군대도 안 가는 거 아냐? 절대 한국에 못 들어오게 해야 해. 나쁜 새끼……."

승기도 캐나다에 간다고 했다.

"토론토도 아니고 밴쿠버도 아니고 완전 시골이야. 한국 애들 없는 데라는데, 솔직히 한국 애들 없는 데가 어딨냐? 목사 집에서 홈스테이 해야 한다고. 나 완전 미치는 거 아닌지 몰라."

나는 햄버거를 두 개째 먹으면서 묵묵히 승기 말을 들었

다. 승기는 내가 왜 집을 나왔는지 묻지 않았다. 나를 만나
준 승기한테 그래도 고맙다는 생각이 들었다.

찬영이는 아빠한테 죽도록 맞았다고 했다. 승기는 찬영이
아빠가 검도할 때 쓰는 목검으로 때리는데 장난 아니라고
했다. 찬영이도 불쌍했다.

"우리……."

서로 헤어질 시간이었다. 난 입을 다물었다.

"우리, 나중에 멋지게 만나자."

"푸흡."

승기 말에 헛웃음이 나왔다. 승기는 모르지만 나에게는
멋진 미래가 없었다. 하지만 승기가 내민 손을 잡았다. 승기
가 뒤돌아서더니 사람들 사이로 들어갔다. 그 모습을 보자
견딜 수가 없었다.

'나중에 뭘 멋지게 만나? 너 걔가 깨어나지도 못한 거 알
아? 너희 엄마도 병원에 가서 무릎 꿇었니? 너도 나처럼 미
칠 것 같니? 너도 나처럼!'

사람들 사이를 비집고 들어가 승기를 찾았다. 어깨를 잡
자 승기가 소스라치게 놀라며 고개를 돌렸는데, 눈과 입술
이 떨고 있었다. 나 혼자만 괴로운 것은 아니었다.

5

"이거 해진이 엄마 드려."

엄마가 내미는 체크무늬 가방을 순순히 받아들었다. 해진이 병원에 가져갈 음식이다. 버스를 타고 가방을 무릎 위에 올렸는데 뚜껑을 꼭꼭 닫았다고 해도 반찬 냄새가 은근히 났다. 병원에 가는 것을 안 엄마가 처음 반찬 통이 든 가방을 내밀었을 때가 생각났다.

"엄마 미쳤어?"

해진이 엄마가 가방을 통째로 바닥에 던져서 반찬들이 쏟아지는 장면이 절로 떠올랐다.

"엄마한테 말버릇이 그게 뭐야? 엄마 미쳤어? 그래 미쳤다. 남편 교도소 가 있고 자식은 다른 애 아프게 만들어 놓고 학교도 안 다니고. 안 미치는 게 이상하지 않아?"

입이 떡 벌어졌다. 내가 알던 엄마가 아닌 것 같았다.

"원래 맛있는 거는 나눠 먹고 그러는 거야. 너 중간에 음식 버리면 벌 받는다. 제대로 전달했는지 알아볼 거야."

엄마 성화에 반찬이 담긴 가방을 들고 나왔지만 너무 무거웠다. 어떻게 전달해야 할지 머리가 지끈거렸다. 몇 번이나 가방을 버릴까 망설였지만 실행에 옮기지 못했다. 엄마가 제대로 전했는지 알아본다는 말 때문이 아니라 맛있는 거라면 해진이 엄마도, 해진이도 먹었으면 좋겠다는 생각이 들어서였다.

해진이 엄마는 내 예상과 다르게 반찬이 든 가방을 반갑게 받아들었다. 가방에서 반찬 통을 하나하나 꺼내 확인하고 냉장고에 넣은 뒤 가방을 돌려주었다.

그 뒤로 나는 종종 엄마와 해진이 엄마 사이에서 반찬 통과 서로의 인사말을 전했다.

병실로 들어가자 휠체어에 탄 해진이 뒷모습이 보였다. 오늘은 어떨지 긴장이 됐다.

"어, 왔어?"

해진이 엄마 인사에 어정쩡하게 고개를 숙였다.

"이게 뭐야?"

나도 모르는 새 가방이 해진이 엄마 손에 들어갔다. 해진이 엄마가 제일 위에 있던 반찬 통 뚜껑을 열었다.

"어머, 시래기나물이네."

해진이 엄마가 나물을 집어 먹는 걸 보고 해진이 눈치를 봤다. 인상을 완전 구기고 있다.

"솜씨 좋으시다. 해진아, 너도 먹어 봐."

"아, 그딴……."

해진이 입에 나물이 들어갔다. 내가 해진이라면 그대로 뱉고 온갖 성질을 부렸겠지만 해진이는 착하게도 나물을 뱉지 않고 꿀꺽 삼켰다. 해진이 엄마는 다른 반찬들도 조금씩 맛을 본 뒤 반찬들을 챙겨 냉장고로 옮겼다.

"누구야?"

맞은편에 있던 아주머니가 물었다. 처음 보는 아주머니다.

"이웃사촌이요."

"해진이 엄마가 복이 많구먼. 이렇게 반찬 해서 주는 게 공이 많은데."

아무 사정도 모르는 아주머니 말을 듣는 게 고역이었다. 복이 많다는 말을 하시면 안 되죠. 자식이 혼수상태에서 겨우 깨어나 하반신 마비가 됐는데 복이 많다니요? 그게 말이 됩니까.

나도 어이가 없는데 해진이는 얼마나 하고 싶은 말이 많을까. 휠체어에 앉아 있는 해진이는 고개를 돌리고 복도를 바라보고 있었다.

"햇볕이 좋으니까 광합성 좀 하고 와."

"예."

나는 휠체어 손잡이를 잡고 밀었다. 해진이도 아주머니의 턱없는 소리를 듣는 것보다는 바깥에 가는 게 나을 거다. 힘든 재활 치료를 하는 중에 해진이가 제일 기다리는 게 산책 시간일지 모른다. 해진이 엄마는 산책할 때 병원 뒤쪽에 있는 작은 동산이나 오솔길에서 시간을 보내지만 나는 병원 밖으로 나간다. 병원 안은 답답했다. 횡단보도를 건너 아파트 숲을 지나 작은 공원까지 갔다가 공원 부근 편의점에서 각자 먹고 싶은 것을 먹고 돌아오면 답답함이 조금 풀렸다.

나는 쉴 새 없이 주절거린다. 해진이가 아무런 대꾸도 안 하니까 나 혼자 떠드는 셈이다. 처음에는 어색했는데 이제는 그러려니 한다. 역지사지, 내가 해진이라면 어떻게 할까 생각하면 모든 것이 수월하다.

어제 있었던 이야기, 오늘 있었던 이야기를 늘어놓는다. 단 한 가지, 마임을 배운다는 이야기는 뺀다. 해진이가 하지 못하는 것을 내가 한다는 사실이 마음에 걸렸다.

해진이는 엄마를 닮아 작고 둥글둥글했다. 앞도 뒤도 짱구다. 모자를 쓴 뒤통수를 보면 가끔은 쓰다듬고 싶다.

"재윤이한테 월급 받았어. 맛있는 거 골라."

재윤이가 어제 몇 번이나 주저주저하더니 봉투 하나를 내밀었다. 녹색 봉투에 담긴 게 뭔지 몰라 잠깐 고민했다.

"시간당 만 원으로 계산했어. 괜찮지?"

최저시급보다 많은 돈을 주면서도 재윤이는 내 눈치를 살폈다.

"응."

봉투를 열자 지폐 몇 장과 종이가 있었다.

9월 5일 세 시간

9월 17일 두 시간

"웃기지 않아? 글씨는 못 읽으면서 글씨를 쓴다는 게. 세상에는 신기한 일들이 많은 것 같아."

해진이한테 재윤이 얘기도 했다. 매일 뻔한 일상이어서 별로 할 얘기가 없다 보니 재윤이 얘기까지 하게 됐다. 재윤이는 아빠의 죽음으로 난독증에 걸려서 고생하는 아이라고. 재윤이가 난독증에 걸렸다는 말을 했을 때 처음으로 해진이가 '왜?'라고 물었다. 그냥 재윤이 아빠가 갑자기 돌아가셨다고 했다. 자살까지는 말할 수 없었다.

편의점으로 들어가려는데 해진이가 한쪽 팔을 들었다. 자신은 여기서 기다리겠다는 신호였다. 초코바, 티라미수, 쫀쫀이 등 해진이가 좋아하는 것들을 골라 계산대에 놓고 파라솔이 있는 밖을 보는데 해진이가 없다.

"잠깐만요."

밖으로 나왔는데 해진이가 안 보였다. 환자복 위에 점퍼를 걸쳤을 뿐이다. 단 한 번도 이런 적은 없었다. 심장이 쿵쾅거렸다.

해진이와 해진이 엄마가 싸우는 모습을 본 적이 있다.

"이렇게 사느니 죽는 게 나아!"

"그래, 죽자. 너도 죽고 나도 죽고. 아빠도 죽고 우주도 죽고 할머니까지 모두 죽자!"

해진이는 어린아이처럼 큰 소리를 내며 울었고 해진이 엄마도 결국 눈물을 흘렸다.

정신없이 주변을 살피던 나는 편의점 뒤쪽으로 갔다. 거기에 해진이가 보였다.

"야!"

화가 나서 소리는 쳤는데 뒷말을 찾지 못했다. 몸속에 꽁꽁 차 있던 기포들이 순식간에 공중으로 사라졌다.

"고양이 간식 좀 사 와."

그제야 해진이 품에 있는 노랑 고양이가 보였다. 고양이 소리를 듣고 찾으러 간 모양이다.

편의점 안으로 들어가서 아까 계산대에 올렸던 물건들을 챙겼다.

"아저씨, 고양이 간식 어디 있어요?"

"안 줘도 되는데. 주고 싶으면 이거 줘."

아저씨가 계산대 옆 커다란 통에서 네모난 동결 건조 간식을 서너 개 꺼냈다.

"아저씨 고양이예요?"

"가끔 오는 길고양인데 겨울 오기 전에 우리가 키우려고. 저기 집도 있잖아."

구석에 집과 스크래처가 보였다.

밖으로 나와서 아저씨가 준 고양이 간식을 해진이한테 건 넸다. 고양이가 간식 냄새를 맡았는지 다가왔다. 해진이는 진지한 얼굴로 간식을 고양이한테 먹였다. 맛있게 먹는 고양 이를 보는 해진이 얼굴에 일순간 미소가 흘렀다.

"······어."

"뭐? 뭐라고?"

해진이가 천천히 얼굴을 들고 내 얼굴을 빤히 봤다.

"나 안 죽는다고. 그때도 죽을 생각하고 뛰어내린 거 아냐. 살고 싶어서 뛰어내린 거지."

해진이 입에서 이렇게 긴 말이 나온 적은 처음이다. 놀라움도 잠시, 생각을 거치지 않은 말이 무심코 나왔다.

"말이 되냐?"

5층 건물에서 뛰어내린 게 어떻게 살고 싶어서였을까.

"그때 너희 악의 무리였잖아. 샌드백 노릇하면서 살기 싫더라고. 그래서 그랬는데……, 이렇게 됐네."

고양이를 보면서 웃는 것과는 다른 색깔의 웃음이었다.

"눈 떴는데 좋더라. 엄마가 나 붙잡고 우는데, 살았구나 했지. 두 번 다시 너희가 괴롭히지는 않겠다 싶었다."

고양이는 해진이 손에 간식이 없다는 것을 알아차린 뒤바로 멀어져 갔다. 해진이는 잠시 고양이를 보더니 테이블 위에 있는 초코바를 먹었다.

나도 옆에 앉아서 초코바를 먹었다. 우리는 천천히 음료수까지 다 마시고 다시 돌아갔다. 해진이가 혼자서 산책하는 모습을 상상했다. 신호등이 없는 횡단보도도 위험하고 턱이 있는 가게는 들어가기도 힘들다. 전철이나 버스를 타려면

얼마나 많은 장애물이 있을까. 당연하게 받아들이던 것들이
이제는 나한테도 불편한 것이 되었다.

병실이 있는 6층 복도를 지날 때 해진이가 잠시 멈추라는
신호를 했다.

"더는 안 와도 돼."

해진이가 힘줄이 솟은 가느다란 팔로 바퀴를 밀었다. 생각
지 않은 말에 기분이 얼떨떨했다. 휠체어가 멀어지는 모습을
멍하니 보다가 오늘이 해진이 병실에 온 지 1년째 되는 날이
라는 사실을 깨달았다.

해진이 병상 곳곳에는 하반신 마비를 극복한 사람들의 기
사들과 좋은 말들이 붙어 있다. 해진이가 힘을 낼 수 있도록
해진이 엄마와 아빠가 찾아서 붙인 거다. 해진이 동생 우주
가 그린 그림도 있다. 가족의 얼굴 아래 '형 사랑해.'라고 썼
다. 모두가 기적을 바라고 있지만, 해진이는 일어설 수도, 걸
을 수도, 달릴 수도 없다. 평생 휠체어를 타고 다녀야 한다.
좋아하는 영화를 보러 가려면 진땀을 흘리며 시간을 보내
야 할지 모른다. 그 사실이 너무 버겁고 힘들어서 해진이가
사라진 뒤에도 자리를 떠나지 못했다.

4

놓치고 미안한 것들

1

라디오 방송국 피디인 장우 아저씨를 만났다. 아저씨는 아빠랑 고등학교 때부터 친구다. 아니 친구였다. 아빠를 현재형으로 쓸 수 없다. 아빠가 떠난 뒤에 가끔 연락이 와서 건성으로만 대답했는데 그저께 전화는 반가웠다.

방송국 근처에 있는 이탈리아 식당에 들어가자 전화 통화를 하던 아저씨가 한 손을 들고 흔들었다. 아저씨가 서둘러 전화를 끊었다.

"잘, 지내지?"

아저씨 말에 고개를 끄덕였다. 음식을 주문한 뒤 아저씨 앞에 녹음기를 꺼내 놓았다. 나는 아저씨한테 아빠에 대한 기억을 담고 싶다고 했다. 내가 아는 아빠랑 모르는 아빠 사이에 너무 큰 차이가 있는 것 같다고 덧붙였다. 물론 아빠가 죽지 않았다면 의문을 가지지도, 궁금해하지도 않았을 거다. 아저씨는 빙긋 웃으며 빨강 녹음 버튼을 눌렀다.

"아저씨, 아빠한테 전화나 문자 받지 않았어요? 그렇다면……."

나는 간절하게 아저씨 눈을 바라봤다. 유언이 없다면 자살이 아니지 않을까. 아직 유서는 발견되지 않았다. 나는 아빠한테 작별 인사를 하지 못했지만, 아빠는 나에게 작별 인사를 남기지 않았을까. 사랑한다든지 미안하다든지. 어쩌면 당장 내일, 아니면 1년 뒤에 아빠가 예약 발송한 메일이나 편지가 올 수도 있다.

"나도, 믿기지 않아. 지금도 민석이가 왜 그랬는지, 나한테 조금이라도 털어놓지 못했는지……. 그럴 주제 아닌데도 원망하고 미워하고 그랬어. 근데 시간이 지나니까……."

아저씨가 물을 들이켜더니 시선을 창밖으로 돌렸다. 뿔테 안경 속에 눈물이 어렸다. 아빠 때문에 아저씨가 운다.

"……미안하고 그래. 친구라고는 그 자식 하나밖에 없는데……. 마음이 그렇게 썩어 가는 것도 모르고."

"아저씨!"

나는 아저씨를 빨리 감상에서 꺼냈다. 이곳에서 아저씨를 붙잡고 아빠를 부르며 울 수는 없다. 아저씨는 멋쩍은 듯 웃으며 휴지로 안경을 몇 번이나 닦았다.

"아빠가 이상했어요?"

"글쎄. 솔직히 모르겠다. 나도 계속 되짚어. 민석이가 했던 말, 했던 행동 모두. 모든 게 평범했던 것 같고 또 모든 게 이상했던 것 같아. 민석이가 우리가 같이 다녔던 고등학교에 가 보자고 하더라. 고등학교에 오래된 은행나무가 있었는데 그 나무가 지금도 있는지 궁금하다고."

"그래서요?"

"둘이 가서 은행나무 보고 왔어. 여전히 그대로 잘 있더라."

아저씨가 주문한 피자와 스파게티가 테이블에 놓였다.

"민석이는 이런 피자나 스파게티 같은 거 별로 안 좋아했어. 파전이나 잔치국수 같은 거 좋아했지. 그게 추억의 맛이거든."

"추억의 맛이요?"

"추억의 맛이라는 게 있어. 음식은 맛으로만 먹는 게 아니라 분위기, 같이 먹는 사람, 대화 등 여러 가지가 영향을 끼치니까. 내가 대학교 때 자취를 했거든. 근데 어느 날 민석이가 왔어. 커다란 검정 봉지 들고. 버스 타고 왔는데 거기 뭐가 들었는지 아나?"

검정 봉지에 어울리는 게 뭘까.

"상추."

아저씨 입에 웃음이 달렸다.

"상추요?"

"길거리에서 상추를 파는 할머니를 보고 지나치지 못한 거지. 집에서 밥을 먹지도 않으면서 얼마나 많이 샀는지 그걸 들고 왔어. 상추 덕분에 고기 진탕 먹었다. 그때 고기 한 점에 상추 세 장씩 먹었어. 상추가 너무 많았거든."

아저씨는 음식을 먹는 둥 마는 둥 하며 기억이 나는 대로 아빠와 관련된 얘기들을 풀어놓았다. 고등학교 때 연애편지를 대신 써 준 얘기, 중고나라에서 사기를 당한 얘기, 수학여행 갔다가 코앞에서 유명 연예인을 만났는데도 알아차리지 못했다는 얘기, 선생님의 언어폭력에 맞서 피켓을 들고 침묵 시위를 벌였던 얘기……. 나는 아빠를 착한 아들, 평범한 아저씨라고만 생각했는데 아니었다.

"아저씨, 근데 우리 아빠는 왜 시인이 아니라 그냥 회사원이 되었을까요?"

"꿈만 갖고 살기에는, 세상이 그렇지. 너희한테야 꿈을 가져라, 포기하지 말라고 하지만 현실이……, 만만치 않거든. 시를 계속 쓰려고 해도 생활을 해야 하니까. 민석이는 외동이었으니까 책임감이 또 달랐겠지. 내가 멋진 시인 되라고 하니까 자기는 시를 좋아하는 감상자가 되는 게 좋겠대. 내가 가끔 오 시인이라고 하면 질색을 하더라. 그리고 안정적인 회사에 취직한 거지. 부장님 시인 했어도 좋았을 텐데……."

계속 전화가 울렸지만, 아저씨를 놓아주고 싶지 않았다. 아저씨는 언제든지 아빠에 대해 궁금한 게 있으면 연락하라고 했다. 식당을 나선 뒤 뒤돌아가던 아저씨가 갑자기 고개를 돌리더니 급한 걸음으로 다가왔다.

"민석이가 말도 못하게 골초였어. 그런데 너 태어나고 딱 끊더라. 어느 날 너를 안았는데 인상을 쓰면서 울더라는 거야. 손을 몇 번이나 씻었는데도 그랬다면서. 재윤이가 담배 냄새를 싫어하나 봐, 나 금연할래. 그러기에 며칠 가나 내기를 했지. 근데 독하게 안 피우더라. 그렇다고. 네가."

아저씨가 하지 않은 뒷말을 내가 만들었다.

"그만큼 네가 소중한 존재였어."

어쩌면 나에게 가장 필요한 말이었는지 모른다. 아저씨가 가고 나서 녹음을 안 했다는 사실이 떠올랐다. 나는 얼른 녹음기를 꺼내 조금 전 아저씨가 했던 말을 그대로 옮겼다.

아빠의 육아 일기에 가장 많이 등장한 것은 똥이었다. 바나나 똥, 염소 똥, 토끼 똥, 황금 똥, 진똥, 된똥…….

똥 종류가 그렇게 많은지도 몰랐고 그 똥의 상태를 이렇게 다양하게 표현하는지도 몰랐다.

"육아 일기가 아니라 똥 일기네."

내 말에 지호는 입으로 온갖 똥을 내뱉는 흉내를 냈다. 꺽꺽 소리를 내며 한참을 웃다 보니 눈물까지 고였다. 아빠가 죽은 뒤 처음으로 마음껏 웃었다.

지호가 말 대신 표현하는 동작들이 독창적이라고 생각했지만, 마임을 배우는 줄은 몰랐다. 마임을 제대로 본 적이 없어도 지호의 몸이 마임을 할 때만은 자유롭고 크게 보인다는 건 알 수 있다.

아빠는 표현할 수 없는 똥을 그림으로 그리며 설명을 덧붙이기도 했다.

"너 완전히 나았나 보다."

123

"아니. 아직 왔다 갔다 하는데 예전보다는 괜찮아. 좋아."

어제 엄마랑 자연 다큐멘터리 프로그램을 보는데 자막이 보였다. 당연히 보기 힘들 거라고 생각했는데 제대로 보이니까 이상했다.

"근데 좋다면서 표정이 왜 그래?"

"너 완전 섬세하다. 마임을 하면 그렇게 되나? 동작 하나하나에도 감정을 담아야 해서?"

"뭐 그런 건 모르겠고. 내가 만나는 사람한테 주의하게 돼. 나 때문에 해진이가 힘들게 되었는데 두 번 다시 그러면 안 되잖아. 그 일 겪고도 그러면, 정말 인간이 아니지 뭐. 내 목표가 뭔지 알아? 그냥 남한테 해 끼치지 말고 살자야."

열일곱 살의 목표치고는 무겁다.

"그전에는 뭐였는데?"

"좋은 대학 가는 거. 사실 뭐 할지는 딱히 생각도 안 해 봤고, 못해도 건물주 정도는 되지 않을까 그랬지. 근데, 이렇게 됐다."

"에이, 시시해."

"넌 뭐였는데?"

"쳇! 나도 비슷하네. 돈 많이 벌어서 부귀영화를 누리는 거였지."

"왜 과거형이야? 하면 되지. 와이 낫!"

지호 말에 헛웃음이 나왔다. 지금은 아무 희망이 없다.

"지호야."

지호가 예쁜 토끼로 변신해 귀를 기울였다. 내가 토끼를 좋아하는 것을 알고 분위기를 띄워 준다.

"너 예전 목표보다 지금 게 훨씬 낫다. 좋은 대학 가거나 돈 많이 버는 직업 가지는 거는 너 아니더라도 많은 애가 그럴 거니까. 남한테 해 안 끼치려고 생각하는 게 좋은 거잖아. 그러다 보면 좋은 일도 하게 되고 뭐 선순환 같은 것도 있지 않을까?"

토끼가 덧니를 드러내며 박수를 치더니 엉덩이에서 당근을 꺼냈다.

"으, 더러워."

말은 그렇게 하면서도 지호가 내민 당근을 지호처럼 앞니로 갉아 먹었다.

2

노크 소리에 벌떡 일어났다. 엄마다. 네 명이 살던 집에 이 제 나와 엄마 둘뿐이다. 이모할머니가 올 때까지 같이 저녁 을 먹는 새 규칙이 생겼다. 부대찌개에 샐러드, 견과류볶음, 달걀부침이 있었다.

"맛 어때?"

엉뚱한 질문에 견과류볶음에 있는 아몬드를 골라 먹다가 고개를 들었다.

"뭐? 반찬 가게에서 산 거 아냐?"

샐러드랑 달걀부침 빼고는 말이다.

엄마가 부대찌개 맛을 보며 몇 번이나 고개를 갸우뚱했다.

"엄마가 한 거야?"

엄마는 요리를 못한다. 못해서 안 한 건지 안 해서 못한 건지 몰라도 내가 기억하는 맛은 모두 이모할머니 솜씨다.

부대찌개 맛을 봤다.

"오, 웬일이야? 맛있어."

"그렇지? 인터넷 보고 그대로 따라 하니까 되네. 나도 이 렇게 잘하는 줄 몰랐다니까."

칭찬받은 꼬마처럼 엄마가 반색하며 브이를 했다. 나처럼 엄마도 시간이 많다. 엄마는 강의를 많이 줄였다. 밥을 다 먹은 다음 엄마를 도와 식탁 정리를 했다. 이모할머니와 함께하던 일을 엄마랑 하는데 어색했다. 과일 접시를 들고 거실로 가서 텔레비전을 틀었다. 시골집을 찾아간 리포터가 할머니 음식을 소개하고 있었다.

"이모할머니 전화 왔었어."

"잘 지내신대?"

"갈 곳도 없고 집에 갇혀서 환자 간호하니까 힘드시겠지. 마트 가는 게 낙이라고 하시더라."

이모할머니가 빨리 오셨으면 좋겠다. 엄마랑 이모할머니랑 나랑 셋이 같이 살면 좋겠다. 아빠와 이렇게 빨리 헤어질 줄 몰랐던 지금은 더욱 그렇다.

"오늘 장우 아저씨 만났어."

"으응."

엄마 반응을 보니 이미 알고 있는 눈치다.

"네가 뭘 하는지 엄마한테 얘기해 주면 안 될까?"

안 될까는 청유형이다. 엄마가 알긴 알아야 한다. 나는 일어나서 녹음기를 갖고 왔다. 엄마는 빙그레 웃으며 녹음기를 만지작거렸다.

"녹음기로 뭐 하려고?"

"기록하려고. 아빠를 몰랐던 것 같아서. 아빠가 어떤 사람이었는지 알고 싶어. 알아야 기억하잖아."

"그럼 글로 써 보지, 왜 녹음을 해?"

"글은 기승전결을 생각해야 하고 꾸밀 수도 있으니까. 그냥 생각나는 대로 솔직하게 말하는 게 좋아서. 다른 사람이 말하는 것을 받아 적으려면 시간이 걸리잖아."

얘기하고 보니 그럴듯했다. 난독증까지 엄마한테 알리고 싶지 않다. 글자가 온전하게 보일 때도 있으니까 서서히 나아지지 않을까.

"아빠 첫사랑이 누군지 알아?"

장우 아저씨한테서 오늘 들었다. 아빠는 중학교 2학년 때 같은 동네에 사는 한 살 많은 여자를 좋아했다. 나보다 어린 시절 아빠가 연애한 이야기를 듣는데 마음이 말랑거렸다.

"첫사랑도 알고, 두 번째 사랑도 알지."

"으엑! 진짜?"

"처음 시를 쓴 게 그 여자한테 잘 보이고 싶어서였어. 그 여자가 무슨 시문학 동아리를 해서 거기에 들어간 거고."

"엄마는 그거 어떻게 알아? 비밀일 텐데?"

아빠 첫사랑이랑 엄마 친구의 언니랑 고등학교 동창이라고 했다.

시를 좋아하던 아빠의 첫사랑은 시보다 드럼을 더 좋아하게 되었고, 드럼을 치는 남자와 연애를 했다. 그 덕분에 아빠는 시를 알게 되었고 시를 썼고 시인이 됐다.

"엄마는 왜 아빠랑 결혼했어?"

예전에 들었던 것 같은데 기억이 안 났다.

"취업하기 전인데 내가 감기 몸살 때문에 고생한 적이 있거든. 그때 배즙을 만들어 왔더라."

"배즙?"

"할아버지가 아빠 감기 몸살일 때 해 주신 거였대. 그거 보고서……."

"엄마 혹시?"

'후회해?'라는 말은 삼켰다.

"사랑을 밥으로 표현하는 사랑의 밥상, 오늘은 전라도에서 녹차 밭을 하시는 정봉순 어머니가……."

정적을 뚫고 말소리가 들렸다. 우리는 동시에 텔레비전에 집중했다.

임신한 딸이 리포터가 가져온 음식을 펼쳤다. 녹차 순을 따서 데친 뒤 하룻밤 우려내고 들기름으로 양념해서 지은 녹차 밥과 보리굴비, 메밀전, 열무김치, 꽈리고추찜까지 음식이 계속 나왔다.

'영주야, 괜찮하냐?'로 시작하는 영상 편지를 보자마자 딸 눈에서 눈물이 흘러내렸다. 영상 편지가 끝나자 딸은 손으로 눈물을 쓱쓱 닦아 낸 뒤 열심히 먹기 시작했다. 울면서 먹는 딸이 체할까 봐 걱정됐다.

"엄마는 후회 안 해. 어떻게 후회를 해? 네가 있는데."

엄마는 아까 내가 묻고 싶었던 말에 대답을 했다. 이럴 때 보면 엄마는 귀신이다. 세경이도 가끔 자기 엄마가 귀신 같다고 하는데, 엄마들은 귀신처럼 자식들 마음을 샅샅이 훑어보는 능력이 있는 것 같다.

엄마가 후회한다 해도 상관이 없지만 그래도 후회 안 한다는 말이 훨씬 나았다.

"참, 아빠 스마트폰, 내가 좀 보면 안 돼?"

그동안 아빠 스마트폰에 관심을 두지 않았다. 시간이 지난 뒤 한번쯤 보고 싶다는 생각을 했지만 엄마 가방에 있는 것을 발견하고 잊고 있었다. 아빠 스마트폰이 부적처럼 엄마한테 힘을 주기를 바랐으니까.

지금은 오디오북을 만드는 중이다. 아빠가 왜 그렇게 떠났는지 알려면 아빠를 아는 사람들한테서 더 많은 이야기를 들어야 한다.

엄마가 스마트폰을 가져다줬다. 어떤 장식도 없이 출고된 상태 그대로의 스마트폰을 보자 아빠답다는 생각이 들었다.

"별다른 거 없어. 엄마가 확인했어."

별게 있었다면 엄마가 말을 했을 거다.

"그냥 들고 다녔어. 어떻게 보면 아빠 손이 가장 많이 닿은 물건이니까."

나는 아빠 유품인 스마트폰을 챙겼다.

나도 지호도 학교에 안 가는 것은 똑같은데 지호는 바쁘고 나는 시간이 너무 많다. 그게 문제다. 약속하지 않고 가게로 왔는데 아차 싶었다.

아빠 스마트폰에 담겨 있는 주소록을 확인하고 싶은데 지호 얼굴이 팅팅 부어 있고, 입술에는 거스러미가 있었다. 한눈에 봐도 피곤에 찌든 모습이다.

"전화번호가 200개도 넘어. 그런데 어떻게 하려고? 전화해서 우리 아빠 죽은 거 알아요? 혹시 우리 아빠 죽기 전에

남긴 메시지는 없나요? 그럴 거야? 일이랑 관련 있는 사람도
있을 거 아냐?"

지호 말에 정신이 들었다. 아빠 스마트폰에 있는 주소록
만 생각했지, 어떻게 할 것인지 구체적으로 생각하지 않았
다. 아빠가 죽은 것을 모르는 사람도 있을 테고 아빠랑 별
상관없는 사람들 전화번호가 있을지도 모른다.

"하아, 엄마가 스마트폰 해지를 너무 빨리 했어."

해지를 하지 않았다면 오는 전화만 받고서 어느 정도는
감을 잡을 수 있었을지도 모른다.

"아, 몰라. 우선 주소록에 있는 이름 불러 줘."

지호는 주소록에 저장된 이름들을 불렀다. 내가 아는 이
름도 있고 모르는 이름도 있었다. 다행히 어떤 사람들 이름
뒤에는 대리, 부장, 연구원 같은 직책이 붙어 있었다. 할아버
지 요양병원 원장, 담당 의사, 간호사, 요양보호사 번호도 있
었다. 이덕희 이촌 가게라고 슈퍼 할머니 이름도 있었다.

"이성주 이촌 학생."

"잠깐."

아빠가 세경이 번호를 저장할 때는 이름 뒤에 재윤이 친
구라고 했다. 아빠가 이촌에 있는 학생 번호까지 저장한 게

이상했다.

"번호 저장해 줘. 150번."

내가 폰을 내밀자 지호가 순순히 번호를 저장해 줬다. 지호 생각에도 조금 이상한 모양이었다. 이촌 학생한테 전화를 걸었다. 몇 번 신호가 가고 누군가 받았다.

"여보세요?"

당연히 남자라고 생각했는데 여자 목소리였다.

"여보세요?"

너무 당황해서 말이 나오지 않는데 지호가 눈앞에서 양손을 흔들었다. 얼른 정신을 차렸다.

"여보세요? 전 아빠, 아니 오민석 씨 딸 오재윤인데요."

"……."

아무 말이 없자 기분이 이상했다.

"여보세요?"

"민석이 아저씨 딸이 왜 나한테 전화를 했어요? 아저씨 전화가 안 되던데 무슨 일 있어요?"

여자가 아빠를 민석이 아저씨라고 부르는 게 기분이 나빴다.

"우리 만나요."

"나를요? 왜요?"

답은 한 가지였다.

"우리 아빠에 대해서 알고 싶어서요."

3

할아버지한테 전화했다. 정확하게 말하자면 할아버지를 담당하는 요양보호사한테 건 영상통화였다. 내가 한 손을 들어 흔들자 나무처럼 가만히 있던 할아버지도 손을 흔들었다.

"민석아, 무슨 일 있나?"

나를 엄마나 아예 모르는 사람으로 알아본 적은 있지만 아빠로 착각하는 것은 처음이다.

"무슨 일은요. 저는 잘 지내요."

아빠가 할아버지랑 통화할 때 했던 말을 떠올리며 그대로 따라 했다.

"요즘 꿈자리가 영 안 좋아. 아버지가 자꾸 나타나서는 너를 데려가려고 하시네. 너 진짜 별일 없는 것 맞지?"

할아버지가 얼굴을 너무 갖다 대는 바람에 눈동자가 화면 가득 보였다 다시 멀어졌다.

"우리 가족 모두 잘 지내니까 걱정하지 마세요."

"그래, 그럼 다행이네."

"저 어때요?"

할아버지 시선이 나한테 머물렀다.

"우리 아들이야 세상에서 최고지. 왜 무슨 일 있냐?"

"아뇨. 없어요."

"민석아, 사는 게 무섭지. 누구한테나 다 무섭지. 아버지가 뒷방 늙은이 같아도 아직 너 하나는 보살필 수 있으니까 힘들면 나한테 얘기해. 응? 알았지?"

"예."

목소리가 너무 작다.

"예!"

크게 대답하자 할아버지 얼굴이 조금은 밝아졌다.

"바쁠 텐데 얼른 들어가."

아빠는 할아버지가 전화를 끊을 때까지 기다렸다. 나도 기다렸다. 할아버지가 전화를 끊자 한숨을 크게 내쉬었다.

아빠는 할아버지와 자주 통화를 했다. 엄마 말로는 죽고 못 사는 애인처럼 말이다. 아빠는 할아버지와 전화로 이런 말을 주고받았겠구나. 서로에게 힘을 주고 또 받는 그런 평범한 통화. 아빠와의 통화를 떠올렸다. 중학생이 되고 나서, 고등학생이 되고서 아빠한테 먼저 전화를 건 적은 별로 없었다. 늘 아빠가 먼저 전화를 했고 내 말은 대부분 똑같았다. 왜? 응. 그것도 아니면 아니 또는 됐어.

아빠가 할아버지한테 한 것의 반의반이라도 했더라면 좋았을 텐데 미안했고 여전히 미안하다.

전화를 끊은 뒤 시간을 확인했다. 10시 20분. 시간이 넉넉히 남았지만 서두르기로 했다.

계속 출입구를 봤다. 아직 주문도 하지 않았다. 여자이고 이름은 이성주, 할아버지가 살던 동네에 산다는 게 내가 아는 전부다. 우리 집과 가까운 카페에서 이성주를 만나기로 했다.

오줌이 마려웠지만 이성주와 어긋나면 안 되니까 참았다. 그때 문이 열리면서 여러 명이 들어왔는데 초록색 단발머리를 한 여자가 한쪽 손을 들었다. 설마 하면서 뒤를 돌아보고 나서야 나한테 인사한 것을 알았다. 나는 이성주가 내 얼굴을 아는 줄 몰랐다.

왜인지는 모르겠는데 나는 이성주를 완벽한 범생이 모습으로 상상했다. 현실의 이성주는 키도 크고 몸매도 좋고 모델처럼 예뻤다. 이성주는 빠른 걸음으로 거침없이 내 앞으로 왔다. 내 또래라고 생각했는데 어른이었다. 하얀 셔츠에 녹색 물방울무늬 치마를 입은 이성주는 한눈에 사람들 시선을 사로잡았다.

"나가자."

예쁜 외모와 다르게 목소리는 걸걸했다. 순순히 일어나 따라갔다. 앞장서던 이성주는 근처에 있는 샌드위치 가게로 들어갔다.

"거기 차 한 잔 가격이면 여기 세트 먹고도 남아. 재윤이 넌 뭐 먹을래?"

이성주는 스스럼없이 친한 사람처럼 굴었다. 함께 샌드위치를 먹을 생각은 하지 못했지만 똑같이 크루아상 샌드위치 세트를 주문했다. 이성주가 계산했다.

"내가 일하느라 여태 쫄쫄 굶었거든. 이거 먼저 먹고 얘기하자, 괜찮지?"

이성주는 남들 시선은 개의치 않고 샌드위치를 크게 베어 물더니 우걱우걱 씹었다. 먹다가 떨어진 양상추와 베이컨도 아무렇지 않게 손으로 집어 먹었다.

"아저씨한테 네 얘기 자주 들어서 그런지 아는 애 같다. 너희 아빠랑 좀 놀아 줘."

내가 알지도 못하는 여자한테 아빠가 내 얘기를 했다는 것도, 친한 척 얘기하는 것도 짜증이 났다.

"전화 왜 했는지 알 것 같아. 나 때문에 아저씨랑 네 엄마랑 싸운 거지?"

이성주가 막장 드라마에 나올 법한 이야기를 경쾌하게 물었다. 눈앞에서 빙글거리는 이성주를 보자 내 마음은 의심과 믿음을 왔다 갔다 했다. 빨리 결론을 내리고 싶다. 그래야 다음 단계로 갈 수 있다.

"우리 아빠랑 어떤……."

'사이'는 왠지 너무 친한 것 같아서 사이랑 비슷한 뜻의 다른 단어를 생각해 내려고 머리를 짜냈다.

"어떤 관계예요?"

"야, 그냥 반말해. 아저씨랑 나랑은 친한 이웃사촌. 작년 봄에 처음 만났어. 어? 설마 내 말 안 믿는 건 아니지? 참, 너 고1이지? 나는 열여덟. 12월에 드디어 열아홉이 돼. 고2라고 안 하는 이유는 학교를 안 다녀서."

"에엣!"

열여덟이라는 말에 나도 모르게 비명이 나와 얼른 손으로 입을 막았다.

한 살 차이밖에 안 나는데 이성주는 완전 어른, 나는 아이 같았다. 화장을 해서가 아니라 분위기가 그랬다. 이성주한테 내가 꼬맹이처럼 보일까 봐 신경이 곤두섰다.

샌드위치는 손도 안 대고 오렌지주스를 빨대로 깔짝거리는데 뜬금없이 이성주가 웃었다.

"나이 얘기하면 모두 놀라더라. 너도 내가 나이 많은 줄 알았지? 피팅 모델을 하는데 일부러 화장을 겁나게 해. 고딩이라고 하면 꼬투리 잡히고 손해만 보거든."

이성주의 솔직한 말에 곤두서 있던 가시가 서너 개는 빠졌다.

"진영아파트에 살아요? 아니, 우리 아빠 왜 만났어? 언제 마지막으로 만났어?"

샌드위치를 다 먹고 주스를 마시던 이성주가 정확하게 나랑 눈을 맞추며 컵을 소리 나게 내려놓았다. 입꼬리가 슬쩍 올라갔다.

"하아. 내가 민석이 아저씨 좋아해. 남자, 여자 그런 거 말고 인간 대 인간으로. 내가 도움받은 게 많아서 진짜 고마워. 그치만 내가 고마운 거는 아저씨지 네가 아냐. 이렇게 싸가지 없이 나오면 좋은 말 안 나와."

아차 싶었다. 말이 급하게 나왔다. 이성주는 친한 이웃사촌이라고 생각하고 있는데 갑자기 가족이 연락해서 따지듯이 묻는다면 오물을 뒤집어쓴 기분이 들 수 있다.

"미안."

"사과 받을게. 너 샌드위치 안 먹을 거니?"

나는 얼른 샌드위치를 건넸다. 이성주는 배가 많이 고팠는지 맛있게 먹었다. 나는 이성주가 샌드위치를 다 먹을 때까지 인내심을 갖고 기다렸다. 이성주가 물티슈로 손을 닦으며 턱짓을 했다. 이제 이야기를 하라는 신호 같았다. 내가 알고 싶은 걸 물어보기 전에 상황을 먼저 얘기해야 했다.

수많은 사람이 시끄럽게 떠들고 있다.

"우리 아빠가, 죽었어."

언제쯤이면 이 말을 할 때 가슴이 막히고 칼에 베이는 듯한 통증이 사라질까.

이성주가 잘 못 들은 것처럼 고개를 갸웃했다. 여전히 나도 믿기지 않는다.

"우리 아빠가 죽었……."

이성주가 그만 말해도 된다는 듯이 한 손을 들었다. 우리 테이블만 조용했다. 이성주가 고개를 숙였는데 코끝이 빨개진 게 보였다. 나는 시끄럽게 떠드는 옆자리 아이들한테 시선을 돌렸다.

코를 푸는 소리가 난 뒤에야 다시 고개를 맞은편으로 돌렸다. 누군가 아빠를 기억하고 슬퍼한다는 사실이 위안이 되면서도 또 아무런 소용이 없었다.

"사고야? 언제 그런 거야?"

다른 사람이 묻는다면 심장마비라고 하는 게 제일 좋다. 그 정도는 이모할머니가 알려 주지 않아도 알고 있다. 근데 아빠랑 친한 이웃사촌한테는 진실을 말해야 한다. 솔직히 이성주가 나보다 아빠에 대해 잘 알까 봐 겁도 났다.

"두 달 다 돼 가. 다른 사람들은 아빠가 자살했다고 하는데, 나는 안 믿어."

정말 어렵지만 내 입으로 아빠가 자살했다는 말을 하는 것에 익숙해져야 한다. 상황에 따라 하얀 거짓말을 할 수도 있겠지만 나는 아빠에 대해 알고 싶은 것들이 많고, 그러려면 솔직해야 한다.

"자, 잠깐."

이성주가 입을 막은 채 사라졌다. 한참 뒤 자리에 돌아온 이성주 얼굴에 물기가 남아 있었다. 이성주는 한 손으로 머리를 계속 만지작거리며 입술을 몇 번씩이나 달싹거렸다.

"자살이라고?"

고개를 까닥하는 나를 보고 이성주는 고개를 좌우로 흔들었다.

"아닌데. 아저씨가 그럴 리가 없는데……, 아저씨 자살 아냐. 잘못 아는 거야."

드디어, 내가 간절히 원하는 말을, 엄마도 이모도, 이모할머니도, 장우 아저씨도 안 해 주던 그 말을 아빠의 이웃사촌인 이성주가 했다.

이성주는 아빠가 자살이 아니라는 말만 했다. 다른 말을 들을 수 없었다. 이성주는 구역질을 했고 화장실에서 계속 토했다. 충격을 심하게 받은 이성주한테 더는 채근할 수 없었다. 두 번 다시 못 만나면 어쩌나 하는 조바심을 안다는 듯이 이성주는 곧 연락하겠다고 했다. 아빠 죽음을 진심으로 아파하는 마음을 믿기로 했다.

이성주와 지하철역 앞에서 헤어진 뒤 무작정 걸었다. 딱히 목적지는 없었다. 길은 어느 곳으로도 이어져 있으니 길에서 벗어날 리가 없다.

이럴 때 생각나는 사람은 또 지호다. 지호한테 전화를 걸어 아빠의 이웃사촌 이성주가 드디어 내가 원하던 대답을 했다고, 아빠가 자살이 아니라는 말을 하고 싶다. 지호한테 떠들고 나면 답답한 속이 조금은 풀릴 것 같다. 하지만 연락하지 않았다.

지금 지호는 손님들이 가고 난 뒤 한숨을 돌리며 늦은 점심을 먹거나 쉬고 있을지 모른다. 어쩌면 아직도 일하고 있을지도.

"싫다 싫어."

지호 상황을 너무 잘 아는 내가 싫다. 지호랑 다시 만난 지 얼마 되지도 않았는데 세경이보다 더 많이 친해진 것도, 의지하는 것도 불만이다. 지금 나는 과도기다. 불안정하고 복잡하고 모든 게 답이 안 나오고 있다.

목적지 없이 돌아다니는데 쓸쓸했다. 엄마 카드가 있으니까 영화를 봐도 쇼핑을 해도 되지만 딱히 보고 싶은 것도, 사고 싶은 것도 없다.

4

스마트폰이 울렸다.

"여……"

"사모님, 좋은 땅 있습니……."

"돈 없어요."

황급히 전화를 끊었다. 좋은 땅이 있고 큰돈을 벌 수 있는 기회가 있다면, 그런 게 미성년자인 나한테까지 차례가 올 리 없다.

지호는 관두고 이모할머니한테 전화할까 하고 스마트폰을 보는 순간 깨달았다. 지호는 먼저 연락을 한 적이 한 번도 없다. 장례식장에서 만난 뒤 내 전화번호를 저장한 게 지호라고 생각했는데 기억을 못 믿겠다. 하루에 서너 번씩 전화하고 찾아간 사람은 나였다.

스마트폰을 노려보던 나는 결국 지호한테 전화해서 영화를 보자고 했다. 마침 마임이스트의 일상을 다룬 다큐멘터리 영화가 상영 중이었고 지호는 아직 그 영화를 보지 않았다. 미뤄 둔 숙제를 해치우는 것처럼 지호를 닦달해서 만나기로 했다.

극장 11층에 도착해서 티켓을 찾았다. 영화를 좋아해서 한 달에 한 번은 오던 익숙한 곳이다. 예전에 세경이와 디즈니 애니메이션을 보고 나오다 아빠를 만난 적이 있다. 나를 발견한 아빠는 멋쩍은 듯 웃으며 티켓을 들어 보였다. 혼자서 소가 주인공인 다큐멘터리 영화를 보러 온 아빠가 초라해 보였다. 어정쩡하게 인사한 뒤 '이따 봐.'라는 말을 하고 돌아섰다.

세경이는 혼자 영화를 보러 다니는 아빠가 낭만적이라고 했지만 나는 아빠가 외톨이 같다는 생각을 했다. 나중에라도 물어볼걸 그랬다. 영화는 재미있었냐고.

"재윤아."

눈앞에 지호가 순한 얼굴로 서 있었다.

"어, 왔어?"

"영화 보고 금방 가야 해."

얼굴을 자세히 보니 눈에 핏발이 서 있고 목소리는 잠겨 있다.

"왜? 오늘 쉬는 날이잖아."

"삼촌이 일이 있어서. 저녁 준비해야 해."

지호가 서둘러 산 팝콘과 콜라를 들고 상영관으로 갔다.

상영관 안은 텅텅 비어 있었다. 별다른 얘기를 나눌 틈도 없이 영화가 시작됐다.

하얀 얼굴에 짙은 눈썹, 빨간 입술을 한 마임이스트가 검은 옷을 입고 무대에 있었다. 마임이스트는 온몸으로 꽃을 피우고 나비와 새를 부르고 아이들과 함께 노래했다. 작은 하트를 그리며 마임이스트가 공연을 마치자 카메라가 무대 전경으로 확대되었다.

"어?"

마임이스트가 선 무대는 오일장이 서는 공터였다. 얼굴에 줄줄 흘러내리는 땀을 손등으로 쓱쓱 닦는 마임이스트의 입꼬리는 한껏 올라가 있었지만 내 마음은 급속히 가라앉았다. 지호한테 보여 주고 싶었던 건 화려한 무대에서 공연하는 마임이스트지 저렇게 초라한 곳에서 마임이 무엇인지도 모르는 관객을 대상으로 공연하는 사람이 아니다. 어떤 영화인지 제대로 알아보지 않은 내 실수였다.

"으흐음."

몸을 뒤척이는 소리에 곁을 힐끗 보니 지호는 자고 있었다. 아무리 마임을 좋아해도 쏟아지는 잠을 이길 수는 없나 보다. 입을 약간 벌리고 무방비 상태로 자는 지호를 보니 마음이 시렸다.

유치원에 다닐 때 지호는 과학자가 돼서 우주에서 일할 거라고 했다. 지금은 어떤 꿈을 갖고 있을까. 마임이스트가 되고 싶은 걸까. 과학자든 마임이스트든 지금 식당에서 불판을 갈 게 아니라 한국에서든 외국에서든 학교에 다녀야 한다.

'이게 첫 번째 단계'라는 생각을 하자 '그러는 너는 뭔데?' 라는 질문이 따라왔다. '나? 나는 지금 학교를 안 다니지만 아예 안 다닐 거는 아니고 잠시 보류한 상태, 정지한 상태'라 는 답을 떠올렸다.

이미 영화는 보는 둥 마는 둥이었다. '나의 마임을 좋아하 는 사람이 있어 행복하다.'고 마임이스트는 말했지만 생활인 으로 돌아왔을 때 모습은 초라하기 그지없었다. 가파른 언 덕길을 올라가야 하는 옥탑방과 쌓여 있는 고지서가 나오 는 장면에서 나까지 우울해졌다. 마임이스트는 상상을 만 들어 낼 수는 있지만 돈을 만들어 내지는 못한다. 가라앉 은 마음으로 영화를 보는데 마임이스트의 얼굴이 클로즈업 됐다. 맨얼굴이었다. 마임이스트는 웃다가 울었다. 또 웃다가 울었다. 셀 수 없이 많은 웃음과 울음이 클로즈업되었다. 웃는 얼굴이나 우는 얼굴에 내가 아는 누군가가 있는 것 같았고, 애달프고 슬프게 우는 얼굴을 보자 같이 울고 싶을 정도로 마음이 울컥거렸다.

마임이스트가 양손으로 얼굴을 가렸다가 천천히 손을 뗐다. 백지, 하얀 종이 상태의 얼굴이었다. 잠시 뒤 이마의 주름이 실룩거리고 뺨과 눈, 코끝과 입술이 미묘하게 움직였다. 마임이스트의 동공이 커지는 순간 화면이 정지했다. 예상치 못한 엔딩에 얼떨떨해서 엔딩 크레딧이 올라갈 때까지 자리에 있었다.

지호가 콜라를 들고 일어서지 않았다면 그 자리에 계속 있었을지 모른다. 지호를 따라 상영관 밖으로 나오자 수많은 사람이 보였다. 오늘 개봉하는 마블 영화를 보러 온 관람객 같았다.

"언제 일어났어?"

"아!"

지호가 멋쩍은 듯 웃었다. 잠을 자서 그런지 눈빛도 맑아졌고 덜 피곤해 보였다.

"마지막 장면만 봤어. 웃다가 우는 거."

지호가 금방이라도 울 것처럼 표정을 구기더니 천천히 표정을 풀고 웃어 보였다.

"완전 멋지더라. 그렇게 얼굴을 쓸 수 있다는 게. 정말 예술이었어! 우리 선생님도 잘하시지만 그 마임이스트는 정말 말을 할 수가 없을 정도야. 쿵하고 가슴이 내려앉는 거 있지. 반했어."

지호는 사랑에 빠진 소년처럼 들떠 있었다. 괜스레 나까지 기분이 들떴다.

"지호야, 마지막에 있잖아. 그 마임이스트는 어떤 표정을 지으려고 했을까?"

지호가 싱긋 웃었는데 이미 답을 아는 얼굴이었다.

"넌 어떤 것 같은데?"

영화 마지막 장면을 떠올리자 우는 얼굴이 떠올랐다. 하지만 이내 웃는 얼굴이 우는 얼굴을 밀어냈다.

"복잡하게 생각하지 말고."

"어?"

지호 뒤로 익숙한 얼굴이 눈에 띄었다. 상우였다. 많은 무리 속에서 상우는 빛이 나는 것처럼 눈에 띄었고 주변의 시선을 즐기고 있었다.

"왜? 아는 사람 있어?"

지호가 고개를 돌리려는 순간 지호 손을 끌어당겼다. 지호가 당황해하는 것을 알았지만 두 사람을 절대 만나게 하고 싶지 않았다. 고개를 푹 숙이고 빠른 걸음으로 뛰다시피 걸어서 닫히려는 엘리베이터에 올라타서야 지호 손을 놓았다.

극장과 연결된 지하철역 통로에 갈 때까지 내내 땅만 보고 걸었다. 일정한 보폭으로 걷던 지호의 검정 캔버스화가 멈췄다.

"갈게. 덕분에 영화 잘 봤어. 자긴 했지만 그래도, 끝부분이 너무 좋더라. 잘 가."

지호는 구김 하나 없는 얼굴로 산뜻하게 뒤돌아서 개표구 안으로 들어갔다. 지호가 눈에 안 보이자 긴장했던 마음이 확 풀어졌다.

지호도 알아차렸다. 내가 아는 사람을 만났고 자신을 보여 주기 싫어했다는 사실을. 내가 있음에도 내 존재를 부정하는 것, 이런 게 모욕이지 않을까. 상우가 지레짐작으로 지호를 내 남자 친구로 생각할까 봐 겁났다. 상우와 이미 헤어졌는데 나는 왜 상우의 시선을 신경 썼을까. 지호가 상우 부류였다면 상우와 마주쳤어도 무시하지 않았을까.

"재윤아, 아빠는 정말 실망이다."

아빠의 낮은 목소리가 들려왔다.

"친구한테 어떻게 그럴 수가 있니? 지호가 너한테 어떻게 했는데?"

나는 아빠 잔소리를 얼른 차단했다. 아빠는 나한테 할 말이 없다. 아빠가 나한테 어떻게 이럴 수가 있냐고, 딸을 두고 죽을 수가 있냐고. 잘못한 걸로 따지면 아빠가 나한테 천만 배는 더 잘못했다.

"아, 왜 이러니. 정말 싫다."

혼자 서서 주절거려도 누구도 관심을 주지 않았다. 그게 다행이면서도 쓸쓸했다.

5

아빠가 있는 곳, 정확하게 말하면 아빠의 뼛가루가 있는 추모 공원에 왔다. 아빠가 왜 죽었는지를 알고 난 뒤에 오겠다고 결심했는데 아빠가 어디 있는지를 묻는 이성주 때문에 같이 올 수밖에 없었다.

이성주는 유골함 앞에 서서 훌쩍이고 있다. 처음에 봤던 모습과 다르게 머리카락을 검은색으로 염색하고 맨얼굴로 나타난 이성주는 어른이 아니라 열여덟 살 같았고 많이 피곤해 보였다.

나는 입구에 서서 맞은편 특별실을 봤다. 아빠가 있는 곳과 달리 인테리어도 화려하고 금색이 번쩍이고 앉을 수 있는 소파도 있다. 하지만 하나도 부럽지 않다. 어디 있으나 죽음은 똑같다.

"……넌 인사 안 해?"

이성주 말에 유골함이 있는 곳을 잠시 봤다. 지금은 보고 싶지 않아서 로비로 나갔다. 이성주는 별말 없이 나를 따라왔다.

산으로 둘러싸인 곳이라서 공기도 좋고 풍경도 좋다. 할아버지를 위해 봐 둔 납골당에 아빠가 먼저 가 있을 줄 상상도 못 했다. 이성주가 자판기에서 음료수를 뽑아 건넸다.

"웃."

탄산 때문인지 음료수가 튀어 올라서 손과 팔에 묻었다. 이성주는 당황하지 않고 작은 가방에서 휴지를 꺼냈다. 나보다 한 뼘 이상 큰 이성주는 마치 언니처럼 꼼꼼하고 차분하게 내 손과 팔에 묻은 음료수를 닦았다.

"아저씨랑 나랑 친했다."

친하니까 전화번호를 저장했겠지. 질투가 많이 난다.

나는 녹음기를 꺼냈다. 이성주는 녹음기를 잠시 보더니 버튼을 눌러도 신경 쓰지 않았다. 이성주가 이마로 내려온 머리카락을 한 손으로 쓸어 올렸는데 이마에 기다란 흉터가 있었다. 왼쪽 셔츠를 걷자 손목에도 가로로 된 흉터가 여러 개 있었다.

"설명하긴 복잡한데 진영아파트에 잠깐 살았어. 그때 우울증도 심하고 참 살기가 싫더라고. 아, 그렇다고 생각하는 거랑 실행하는 것은 달라. 정확하게 말하면 사라지고 싶다는 생각을 했어. 매일매일, 어떻게 사라지는 게 좋을까 고민했지. 아저씨가 자살했을 리가 없어. 왜냐하면……"

가슴이 떨려 와서 양손을 꽉 잡았다.

"아저씨가 떨어졌다는 외부 계단 있잖아. 거기가 내 흡연 장소였어. 어느 날 밑을 내려다보는데 민석이 아저씨가 나를 붙잡았어. 얼굴이 시뻘게져서 그러지 말라고, 안 된다고. 오지랖이 장난 아니었어."

녹음 중이었지만 나는 이성주가 하는 말을 하나도 놓치지 않기 위해 집중했다.

"아저씨가 밥을 차려 줬어. 계란찜에 감자볶음이랑 미역국. 그날 내가 밥을 두 공기나 먹었어. 미역국은 정말 끝내줬는데, 너무 맛있었는데……"

이성주도 나처럼 아빠가 끓여 준 미역국 맛을 내내 기억할지 모른다.

"이상하게 생각하는 거 아니지?"

"응."

아빠와 이성주는 두 달 가까이 좋은 이웃사촌이었단다. 먹을 것을 나눠 주고 햇볕을 쬐라고 말해 준 것도, 순수하게 손을 내밀어 준 것도 고마웠다고 했다.

"내가 어른을 참 싫어했거든. 나 많이 맞고 살았어. 아빠는 때리고 엄마는 방관하고. 근데 아저씨 보면서 좋은 어른이 있다는 걸 알았어. 아저씨 딸은 정말 좋겠다고, 얼마나 부러워했는지 몰라. 내가 워낙 위태위태해 보여서 아저씨가 손을 내밀었다고 생각해. 그런 아저씨가…… 말도 안 돼."

자살이 아닌 다른 가능성을 떠올려 봤다. 실족사나 타살. 실족사는 슬프고 타살은 끔찍했다.

"혹시 계단에 다른 사람은 오지 않았어?"

이성주가 고개를 저었다.

"아니. 아저씨한테 물어본 적도 있는데 없다고 하더라. 나중에 선배 집으로 옮기고 통화한 적이 있는데 계단에 삼색 고양이가 있다고 하셨어. 모모라고 이름을 붙였다고 하시더라. 그리고 연락이 끊겼어."

이성주는 생각나는 대로 아빠에 관해 이야기했고 내가 묻는 물음에도 정성껏 대답했다.

집에 가니 엄마가 기다리고 있었다. 몇 번이나 전화가 왔지만 받기가 싫었다. 이성주와 헤어진 뒤에도 혼자 거리를 걸었다. 집에 왔을 때는 11시가 넘었다. 나를 보던 엄마는 픽 웃더니 술을 마셨다. 맥주 캔이 여러 개 보였다.

"크아아컥컥."

엄마는 일부러 트림 소리를 크게 냈다. 11시가 넘어서 늦게 온 나한테 어깃장을 부리고 있다.

"우리 딸, 이젠 엄마 전화도 안 받으시네."

아슬아슬하다. 그동안 이모할머니가 없는데도 잘 지낸 게 오히려 놀라운 일이었다. 방으로 들어가려는데 엄마가 소파 옆자리를 툭툭 쳤다.

어쩔까 망설이는데 엄마가 고갯짓으로 가리켰다. 방으로

들어갔다가 다시 나오느니 한 번에 끝내는 게 낫다. 엄마한
테서 멀찍이 떨어져 소파 끄트머리에 앉았다.

"무슨 중요한 일이 있어서 전화를 안 받아? 이젠 엄마 전
화도 받기 싫어?"

엄마가 몸을 비틀어 나를 봤다.

"엄마, 많이 마셨나 보다. 그냥 자."

"왜 이젠 말도 하기 싫어? 너 나 때문에 아빠가 죽었다고
생각하지? 그래서 무시하는 거지? 그런 거지?"

이렇게 감정이 치솟아 오를 때는 피하는 게 낫다. 자리에
서 일어서는데 엄마가 급하게 내 손을 잡고 끌어당겼다. 엄
마 손을 뿌리치자 엄마가 소파 아래로 주저앉았다. 엄마를
일으켜야 한다는 생각과 그러고 싶지 않다는 생각이 팽팽하
게 맞섰다.

"난 그런 생각한 적 없어. 엄마가 지레짐작으로 그렇게 생
각하는 것까지 막을 수는 없지만……. 근데 왜 엄마가 이혼
을 안 했을까 하는 원망은 들어. 진작 이혼하지. 나 때문이
라는 말은 하지 마. 나 때문이 아니라 엄마 학원 때문이잖
아. 진작 했으면……."

말을 내뱉는 순간 후회했지만 어쩔 수 없다. 말은 아니라

고 했지만 아빠가 그렇게 된 데에는 엄마도 어느 정도 책임이 있을 거라는 생각이 마음속에 있었으니까. 그래서 엄마를 볼 때마다 짜증이 났었다.

이혼했다면 아빠는 새처럼 자유롭게 훨훨 날아갔을지 모른다. 그렇다면 내 옆에는 없어도 다른 곳에서 '재윤아!' 하고 부르는 아빠 목소리를 들었을지 모른다. 살아만 있다면 아빠가 어디에 있어도 괜찮을 것 같다. 지금은 그렇다.

엄마가 실실 웃었다.

"그러게 말이다. 진작 이혼했으면 좋았을걸. 과부보다는 이혼녀가 훨씬 나은데."

"엄마!"

아무리 술에 취했다고 해도 듣고 있기 힘들다.

"너 모르지. 네 아빠가 얼마나 숨 막히게 하는지. 결벽증 환자처럼 자기 손에 먼지 하나 묻는 거 싫어한 사람이야. 나도 고고하고 우아하게 그러고 싶어. 근데 나까지 그러면 어쩌라고? 넌 아빠가 선이고 내가 악이지. 근데 그거 아니다. 네 아빠 정말, 나쁘잖아. 어떻게 나한테 이래? 어떻게 이럴 수가 있어. 아아악!"

엄마는 세상에 없는 아빠를 향해 온갖 욕을 퍼부었다. 이럴 때 어떻게 해야 할지 모르겠다. 엄마도 진작 펑펑 울고 상담도 받았어야 했다.

불쌍하다. 악다구니를 쓰며 온갖 저주의 말을 퍼붓는 엄마가 밉지 않다. 불안에 떨다가 늦은 밤이나 새벽이 되면 발소리를 죽이고 엄마 방에 귀를 기울였다. 언제부터인가 엄마 방에서 낮은 음악 소리가 흘러나왔다. 그 소리가 나를 위한 것임을 알고 있다.

엄마 주변에 있는 맥주 캔을 치우는 사이 엄마의 악다구니가 잦아들었다.

"엄마 겁난다. 세상에 나와는 상관없는 일일 줄 알았는데, 너무 끔찍한 벌이잖아. 아빠 없이 살아야 하는데⋯⋯. 나 할 줄 아는 게 없는데⋯⋯."

엄마가 훌쩍이며 눈물을 흘렸다. 나는 옆에서 휴지로 엄마 눈물을 닦아 주다가 결국 끌어안고 함께 울었다. 우리는 처음으로 함께, 아빠로 인한 고통과 슬픔과 아픔을 나눴다.

5
내가 만드는 엔딩

1

이성주를 만난 뒤 내내 머리가 복잡했다. 다정 언니 편의점에서 시간을 보내다가 더는 못 참고 지호가 일하는 갈빗집으로 왔다. 내 멋대로 뻗질나게 연락하다가 연락을 딱 끊은 지 2주째다. 그냥 돌아설까 망설이는데 마침 가게 문을 열고 지호가 나왔다. 나를 본체만체하면 어쩌나 다가가지 못하고 있는데 지호가 오라고 손짓했다.

"지금 바빠서……."

나는 지호가 이끄는 대로 가게 뒤편으로 갔다.

"지수야!"

지호가 미닫이문을 열자 몸을 대자로 뻗고 자는 아이가 보였다. 지호 얼굴에 난처한 기색이 떠올랐다.

"나 신경 쓰지 말고 일해. 놀고 있을게."

지호가 가게와 이어진 문으로 나간 뒤 평상에 앉았다. 혼자 있어도 심심하지 않았다. 마당으로 지호랑 아저씨가 왔다 갔다 하며 숯불을 피워서 가져갔다. 그 움직임과 소리, 냄새를 맡으며 수많은 이야기를 떠올렸다.

"어!"

미닫이문이 열리고 지호랑 닮은 아이가 나왔다. 늦둥이 동생 지수, 아마 초등학교 1학년 아니면 2학년일 거다.

"나 재윤이 언닌데 모르겠어?"

눈을 바쁘게 움직이던 지수는 급하게 신을 신더니 건너편에 있는 화장실로 뛰어갔다. 잠시 뒤 화장실에서 나온 지수는 수돗가에서 야무지게 손을 씻었다. 물기 묻은 손을 탈탈 털며 방에 들어간 지수는 작은 탁자에 앉아 책을 펼쳤다. 숙제하는 모양이다. 잠에서 깨어 엄마를 찾지 않고 씩씩하게 자기 할 일을 하는 지수가 귀엽고 기특했다.

"언니, 공부 잘해?"

뭔가 어려운 문제가 있는지 작은 머리를 감싸던 지수가 고개를 내밀었다.

"공부 잘하지."

말이 떨어지자마자 지수가 벌떡 일어나 양손으로 나를 불렀다. 나는 기꺼이 지수의 초대에 응했다. 분홍색 어린이 침대와 옷장이 전부인 방에서 지수가 가리키는 수학 문제를 봤다. 초콜릿과 사탕이 몇 개인지, 기린이 놀이공원을 가려면 몇 정거장을 가야 하는지 알려 주기 위해 손가락과 발가락을 사용했다. 지수는 내 방식이 마음에 드는 모양인지 젤리를 꺼내 나한테도 나눠 줬다. 젤리를 먹으면서 숙제를 끝내고 지수와 텔레비전을 보는데 지호가 불렀다.

"강지수, 손 씻고 와. 저녁 먹자. 너도."

나와 지수는 수돗가에서 손을 씻었다. 내 손 안에 지수의 보드라운 손이 쏙 들어왔다. 아빠 손이 떠올랐다. 할아버지 집에 갈 때면 늘 아빠 손을 잡고 갔는데 아빠 손이 넉넉해서 내 손을 감싼 보자기 같다고 생각했다.

"언니, 뭐 해?"

지수 말에 손을 마저 씻었다. 지수가 이끄는 대로 따라갔더니 식당 안이다. 길쭉한 좌식 테이블에서 직원들이 식사하고 있었다.

지호 엄마가 벌떡 일어나 내 손을 잡았다. 가늘지만 단단했다. 내 손을 토닥이며 안쪽 자리로 이끌었다.

"오랜만에 보니 반갑네. 많이 먹어."

"잘 먹겠습니다."

"잘 먹을게요."

옆에 앉은 지수 말에 나도 간신히 말을 했다. 알지 못하는 사람들 사이에 섞여 밥을 먹는 일은 처음이다. 서먹한 분위기도 잠시, 밥 먹는 데 집중했다. 배가 별로 고프지 않았는데 밥을 보니 허기가 몰려왔고 먹다 보니 맛있었다. 지수 엄마가 맛있는 반찬을 내 앞에 놓아 주었고 지수는 고기만 먹는다고 야단을 맞았다.

저녁을 먹은 뒤 뭐라도 해야 할 것 같아 두리번거리자 지호가 할 일이 있다며 따라오라고 했다. 지호와 나는 서랍식 수저통에 숟가락과 젓가락, 냅킨을 챙겨 넣었다. 딱히 일거리가 아니었다.

"미안해."

"뭐가?"

아무렇지 않게 넘기는 지호 덕분에 몇 번이나 준비한 말을 버렸다.

"그냥…… 내 멋대로 와서."

"시간당 페이 지급해."

"응. 그럴게."

내 답에 지호가 한숨을 푹 내쉬더니 고개를 절레절레 흔들었다. 농담을 다큐로 받았다.

"참 영화 마지막! 그때 뭐라고 하려고 했어?"

"아, 그거."

지호는 금방 알아차렸다. 지호가 냅킨을 펼치더니 얼굴을 가렸다. 어떤 얼굴이 나올까 기대하고 있는데 냅킨을 거둔 지호 얼굴은 전과 똑같았다.

"너 웃는 얼굴이 좋지?"

당연히 웃는 얼굴이 좋다. 아빠가 죽은 뒤에는 더욱 더. 영화나 책이나 드라마에서 죽고 울고 슬프고 그러면 보기 싫어졌다. 어차피 현실에서는 피할 수 없는 죽음, 고통, 슬픔이 찾아오니까.

"그럼 웃는 얼굴이라 생각해."

지호가 이를 활짝 드러내며 웃는 표정을 지었다.

"에이, 그게 뭐야?"

엉뚱한 대답에 투정을 부렸다.

"마임이스트는 마임으로 시도 쓰고 드라마도 만들잖아. 마지막 장면은, 관객이 선택하라는 거 같았어. 지금 웃고 우는 것은 내가 아니라 당신의 선택에 달려 있다는. 아, 내 말이 꼭 맞는 건 아니지만."

"아냐. 맞는 것 같아. 맞아! 진짜 맞아!"

감독의 의도가 어떻든 지호의 해석이 마음에 들었다. 열린 결말을 싫어하는 나였지만 이번은 마음에 들었다. 엔딩이지만 엔딩이 아닌, 내가 만들 수 있는 엔딩이니까 칼자루를 쥔 느낌이다.

수저를 정리한 뒤 지호 엄마의 만류에도 설거지한 그릇을 커다란 소쿠리에 정리해 담았다.

"너무 늦었다. 집에 가자."

11시가 되자 지호 엄마가 앞치마를 벗더니 손님용 셔틀버스인 봉고차 운전석에 앉았다. 지호, 지수가 뒷자리에 타고 내가 조수석에 앉았다. 지수는 밤 드라이브가 신나는지 한껏 들떠서 노래를 불렀다.

"엄마, 은비 유치원 가자. 응?"

"그래."

지수는 은비 유치원을 다녔다. 아마 지수한테 은비 유치원은 고향처럼 그리운 장소인가 보다. 쉴 새 없이 재잘거리는 지수 말을 듣다 보니 집까지 금방이었다. 어느 곳보다 불빛이 반짝이고 환한 동네로 들어서는데 왠지 온기가 없는 곳으로 내쳐진 기분이었다. 지호 엄마는 아파트 앞 대로변에 깜빡이를 켠 뒤, 차를 세웠다.

"언니, 또 놀러 와."

어린이랑 하는 약속은 신중해야 한다.

"그래."

지호는 차 안에서 한 손을 들어 보였다. 차에서 내리는데 지호 엄마가 따라 내리더니 내 손을 잡았다. 가냘프고 까칠한 손이어서 조금 먹먹했다.

"막막하고 사방이 절벽 같지? 이미 내 인생은 끝난 것 같고, 어떤 것도 기대할 수 없고. 나도 큰일을 겪고 나니 내 삶이 더는 읽을 필요 없는 책 같더라. 근데, 말이지……"

지호 엄마가 잡은 손에 힘을 줬다.

"아니더라고. 재윤아, 너는 아직 도입부도 시작 안 했어. 끔찍한 일도 시간이 지나면 딱지가 생기고, 웃을 일 없을 것 같은데 웃을 일도 생기고 그래. 모든 게 지나가니까, 잘 버티고 이겨 내자."

지호 엄마는 '이겨 내.'라고 말하는 대신 '이겨 내자.'라고 했다. 지호 엄마도 나와 마찬가지로 삶에서 이 시간이 지나기를 바라고 있었다.

2

서로의 눈물을 닦아 준 뒤 엄마와 나는 조금 가까워졌다. 엄마와 나는 이모할머니가 돌아오면 이사를 하기로 했다. 어디로 갈지는 계속 고민 중이다.

"할머니는 텃밭이 있으면 좋다고 하실 거고. 엄마는 학원 안 해?"

"애들 대학교 보내는 숫자에 더는 신경 안 쓰고 싶어. 학원 말고 다른 일을 찾아봐야지. 엄마가 가장이잖아. 넌 어디로 가고 싶은데?"

딱히 생각이 없다. 어디를 가도 피시방이 있고 편의점이 있을 테고 음식점이 있을 테고.

"아빠랑 가까운 곳."

전혀 생각지 않은 말이 나왔다. 엄마도 의외라는 표정이다.

"아빠 안 미워?"

"미워. 미운 건 미운 거고."

아빠와의 거리가 지금보다 더 멀어지는 건 싫다.

"엄마, 나 엄마한테 할 말 있는데."

이성주와 아빠 얘기를 털어놓기로 했다.

"아빠, 자살 아니야. 이성주라고, 진영아파트에 잠깐 살던 이성주라는 아이가 있었는데, 나보다 한 살 많은데……, 이성주가 아빠랑 그 계단에서 만났대. 그때 아빠는 이성주가 죽으려고 하는 줄 알고 도와줬어. 그런 아빠가, 우리 아빠가 그럴 리가 없잖아."

무슨 말을 할 때는 주어와 목적어, 술어를 정확하게 해야 한다. 주어, 목적어, 술어가 마구 꼬이고 무슨 말을 하는지 모르겠다. 엄마는 내가 말을 끝낼 때까지 인내심을 갖고 기다렸다.

"음, 너는 그렇게 생각할 수 있겠다."

혹시 아빠와 이성주의 관계를 이상하게 생각할까 봐 마음을 졸이는데 담담한 엄마 말에 맥이 풀렸다. 엄마는 내 말을 듣고도 아빠가 자살이라고 믿고 있다.

"너는 그런 아빠가 자살할 리가 없다고 생각하는데……. 재윤아, 그 학생이 죽을까 봐 보살펴 준 거랑 아빠가 죽은 거는 다른 얘기야. 엄마도 너한테는 아빠가 자살이 아니라고 하고 싶어. 아빠는 따뜻한 사람이니까 학생이 안쓰러워서 도와준 거야. 근데 아빠는. 너 뭐 마실래?"

엄마가 소파에서 일어나 냉장고에서 맥주와 콜라를 갖고

왔다.

"이 썩는다며?"

"마음이 썩는 것보다는 나아."

나는 엄지를 들어 보이며 캔 뚜껑을 땄다.

"우울증이었어."

"왜?"

우울증은 아빠가 걸릴 병이 아니다. 우울할 수는 있지만 병에 걸릴 까닭은 없다. 아빠는 대기업 다니는 부장님이고 비싼 아파트에 살고 사이는 안 좋지만 능력 있는 아내도 있고 딸인 나도 있다.

엄마가 맥주를 마셨다. 단번에 한 캔을 마신 엄마 얼굴이 달아올랐다.

"왜라는 질문을, 하면 안 돼. 우울증은 누구나 걸릴 수 있으니까. 나도 왜라는 질문을 많이 했거든. 그런 질문은 하는 게 아니었어."

엄마는 아빠가 우울증이라고 했을 때 '왜?'라고 물었던 기억을 지우고 싶어 했다.

"그때 아빠는 병원에 갔다고 했어. 아빠 우울증이 그렇게 오래된 줄 몰랐어. 진작 적극적으로 치료받았으면 좋았을 텐데……. 우울이 쌓이고 쌓이다가 더는 빠져나오지 못할 때, 그렇게 된 거야."

"왜 엄마랑 내 생각을 못 해? 우리 생각했으면 그러면 안 되잖아."

"정상적인 사고라면 당연히 그렇지만 우울증에 빠진 사람은 자신이 어떤 존재인지 제대로 자각하지 못한대. 내가 아는 남편이나 네가 아는 아빠와는 다른 존재가 된 거 아닌가 싶어."

작은 액체 괴물이 떠올랐다. 아주 작아서 별로 신경을 안 써도 되는 괴물 말이다. 그런데 그 괴물이 조금씩 커지더니 아빠를 야금야금 삼켜 먹고 결국에는 커다란 괴물이 되고 말았다. 우울증이 바로 그 괴물이었다.

"너한테 털어놓을 상황이 안 돼서 지금에야 말하는 거야. 처음에는 이해도 안 되고 받아들일 수 없었으니까. 아빠가 그렇게 우울증으로 고통받고 있는데 내가 더 보탠 것 같아서 많이 괴롭고 힘들었어. 아빠가 없어서 슬픈데 세상 모든 사람이 나를 비난하고 손가락질하는 것 같고……. 음, 엄마 요즘 유가족 모임에 나가."

아빠가 우울증이라는 사실만큼 놀랐다. 엄마가 왜 유가

족 모임에?

"유가족 모임이라고 하면 큰 사건이나 사고랑 관계된 사람들인 줄 알았는데……. 이모가 소개해 줘서 알게 됐는데 자살 유가족 모임이 있어. 처음에는 그냥 가서 듣기만 했는데, 어떤 징후가 있었거나 없었거나 모두 캄캄한 수렁에 빠진 것처럼 힘들어해. 다른 유가족들 얘기를 들으면서 아빠 상황을 조금은 이해하고 받아들이게 된 거야. 그래서 이제는 너한테도 얘기할 수 있는 거고."

아빠 수첩에 '번 아웃'이라는 단어가 여러 번 적혀 있었다. 아빠는 무슨 일이든 근면하고 성실하게 했다. 좋은 아들, 좋은 남편, 좋은 아빠, 좋은 직장인, 좋은 사람이 되기 위해 그런 것 같다. 성실하게 일하지 말고 대강대강 일하고 자유롭게 살았다면, 될 대로 되라는 식으로 살았다면 우울증에 걸리지 않았을까.

"그 학생은 잘 지낸대?"

"응. 잘 지낸대."

아빠가 이성주의 죽음을 막은 것처럼 누군가가 아빠의 죽음을 막아 줬으면 좋았을 텐데. 아빠가 오랫동안 번 아웃에 시달리고 우울증으로 힘들었을 때 알아준 사람이 있었다면

좋았을 텐데. 그 사람이 나였다면, 내가 미리 알았다면 좋았
을 텐데.

"아빠가 밉다. 근데 내가 더 밉고 내가 용서가……."

말을 맺지 못하고 엄마가 오른손으로 왼쪽 가슴을 일정하
게 두드렸다. 나처럼 엄마도 똑같은 생각을 하고 있다.

엄마를 진심으로 안았다. 엄마는 아빠를 미워하고 아빠를
용서 못 하는 게 아니라 죄책감으로 자신을 미워하고 있다.

"아빠가 회사 그만두고 싶다고 할 때 얘기를 좀 제대로 해
볼걸. 가끔 못마땅하게 인상 쓸 때 아예 큰소리 내고 싸워
볼걸. 아빠가 그렇게 힘들어하는 줄 모르고 내버려 뒀다는
게, 너무 아프고, 아빠가 너무 쓸쓸했을 것 같아서."

엄마는 결국 울었다.

"엄마 그거 생각나? 우리 집에 새가 알 낳은 거?"

예전에 베란다 한쪽에 새가 알을 낳은 적이 있었다. 알이
부화하고 어미가 먹이를 물어 새끼에게 먹일 때는 모두가 멀
찍이 떨어져서 지켜봤다. 새끼가 점점 새의 꼴을 하고 날개
를 펼칠 때 소리 없는 박수를 하기도 했다. 엄마 새와 아기
새 모두 떠났을 때는 서운하고 섭섭했다.

"걔가 떠나고 얼마 안 지나서 한밤중에 아빠를 본 적이

있어. 불 꺼진 거실 창가에 서서 밖을 보고 있는데 많이 외로워 보였어. 한숨 소리도 너무 깊은 것 같고. 엄마, 그때 모른 체 안 하고 아빠를 안아 줬다면……, 그랬다면 아빠가 지금 내 옆에 있지 않을까?"

엄마가 눈물을 닦으며 고개를 저었다.

"엄마도 내가 지난 시간을 되풀이하면서 후회하고 그런 거 싫지? 엄마도 그러지 않았으면 좋겠어. 우리가 이러면 아빠가 슬플 거야. 다른 건 모르겠는데 그건 확실해."

"……고마워."

엄마 눈에 또 눈물이 고였다. 나는 엄마가 우는 게 싫다. 휴지로 눈물을 닦아 주자 엄마가 웃으면서 울었다.

엄마랑 저녁 나들이에 나선 나는 오랜만에 다정 언니가 일하는 편의점에 갔다.

다정 언니는 엄마와 함께 온 나를 보더니 갑자기 양팔을 펼쳤다. 생각지 못한 포옹에 놀랐지만, 언니는 다른 손님이 올 때까지 내 몸을 안고 등을 토닥였다.

엄마와 라면을 먹으면서 아빠가 이 맛을 모르고 갔을까 봐 안타까웠다. 엄마는 내가 난독증 때문에 고생하는 것도 알고 있었다. 세경이가 걱정돼서 비밀이라면서 알려 줬단다.

"걱정 안 됐어?"

"처음에는 병원에 데리고 가야 하나 고민했는데, 걱정은 안 했어."

"왜?"

엄마가 자신만만한 표정을 지어 보였다.

"우리 딸이 이겨 낼 거라고 믿었거든. 그리고 난독증은 병이 아니고 학습장애니까 사는 데 지장 없잖아."

"뭐?"

엄마는 예전의 쿨한 엄마로 돌아왔다.

3

"너 때문에 아니……."

때문은 부정적이고 덕분은 긍정적이다. '때문에'와 '덕분에'는 상황을 바라보는 시선이나 태도에 큰 차이가 있다. 그로 인해 결과가 달라질 수 있다. '때문에'는 주로 평계를 대거나 타인이나 환경에 책임을 돌릴 때 쓰이는 책임 전가형 단어다. '덕분에'는 주어진 환경을 감사하게 받아들이는 감사 포용형 단어다.

"네 덕분이야."

뒷말을 생략해도 지호는 알아들을 거다. 지호는 열일곱 살 중에서 다른 어떤 아이보다 사람 마음을 헤아리고 배려할 줄 안다. 장례식장에서 내가 지호를 만나지 못했다면 절망의 촘촘한 그물에 걸려서 빠져나올 생각도 못 하고 지쳐 쓰러졌을지 모른다.

지호 덕분에 엉킨 실타래를 제대로 바라보고 쓸 것은 챙기고 못 쓸 것은 버릴 용기를 가졌다.

"네가 시간당 페이 준다고 했을 때, 해진이가 생각났어. 위태해 보이더라고. 옥상에서 내가 손을 내밀었다면 해진이가 휠체어에 앉지 않아도 됐을 텐데."

"내가?"

"응. 이제 괜찮은 것 같아서 다행이야."

지호가 그렇다면 그런 거겠지.

"해진이 아직도 그래?"

"그렇지 뭐. 그래도 오지 말라고 말해 줬잖아."

"너도 참."

바보라는 말은 삼켰다.

해진이를 괴롭혔던 아이는 미국 맨해튼에 있는 사립 고등학교에 다닌다고 했다. 합의했다는 것을 알고는 병원에 발길을 딱 끊은 나머지 두 명은 하루에 1분이라도 해진이를 생각할까. 자신들의 장난으로 한 사람의 미래를 망가뜨린 것을 후회하고 있을까. 몽땅 똥물에 처박혔으면 좋겠다. 명예훼손이고 뭐고 인터넷에다가 개들의 신상을 확 까발렸으면 좋겠다. 죄를 지었는데 제대로 처벌받지 않고 잘 사는 사람이 없으면 좋겠다.

"억울하지 않아?"

"뭐가?"

"어떻게 보면 네가 제일 약하잖아. 진짜 나쁜 놈은 따로 있는데."

"아냐!"

지호가 내 말을 막았다.

"나까지 전부 나쁜 놈이지 뭐. 처음에 나도 그런 생각 했는데 해진이 보면서 그 생각이 얼마나 말도 안 되는지 알았어. 그래서 나는 제대로 살아 보려고 하는 거야. 언젠가는 해진이가 나를 용서해 주지 않을까?"

"너 오지 말라고 했다며?"

"그 자식한테 그랬어. 나 보기 싫으면 일어나서 걸으라고. 그러면 절대 안 올 거라고."

"진짜 그럴 거야?"

하반신 마비였다가 다시 걸을 수 있게 되는 확률이 얼마나 될까? 1퍼센트라도 될까. 기적이 기적인 이유는 가능성이 없어서이다.

"천천히 생각해 보지 뭐."

"그래. 걔가 걸으면 그때 가서 생각하면 되지 뭐. 근데 걔 혹시 욕도 잘하니?"

머리카락을 뒤로 넘기던 지호가 몸서리를 쳤다.

"장난 아냐. 난 해진이가 욕이랑은 전혀 상관없는 줄 알았는데 나한테 욕하는 거 보면……. 후아. 근데 해진이가 하는 욕은 욕이라기보다 어떨 때는 절규 같더라. 여기가."

지호가 가슴을 가리켰다. 지호가 조각조각 부서진 하트를 꺼내 들고 어쩔 줄 몰라 하는 표정을 지었다.

"왜 결론이 그렇게 돼?"

나는 내 멋대로 손을 움직였다. 아프고 상처받은 지호를 그냥 둘 수 없었다. 어설픈 내 동작을 금방 알아차린 지호는 손을 다시 모으더니 흩어진 하트 조각을 모아서 예쁘고 튼

튼한 하트를 만들었다. 그런 다음 다시 가슴에 지퍼를 열고 하트를 넣었다.

"나도 네 덕분에. 고마워."

"에잉, 설마?"

내가 지호한테 도움이 됐을 리가 없다.

"진짜야. 난 하트를 조각낼 줄만 알았지, 너처럼 다시 붙일 줄은 몰랐어."

지호 말에 조금 전 무심코 한 내 행동이 기특하게 여겨졌다.

"너 만났을 때 지쳐 있었거든. 해진이가 아는 척도 안 해 주니까 짜증도 나고. 근데 너 보니까 내가 해진이한테 어떻게 했는지가 다시 생각나더라."

"나도 큰일 했네."

지호 말을 듣다 보니 내가 지호랑 해진이 사이를 이어 준 것만 같았다. 하지만 알고 있다. 내가 아니었어도 지호는 포기하지 않고 해진이를 계속 찾아갔을 거다.

집으로 가려는데 지호가 머뭇거렸다.

"왜? 무슨 일 있어?"

"아니, 다음 주 토요일 시간 돼?"

"나야 남는 게 시간이지. 너 토요일은 알바 때문에 바쁘잖아."

"……공연하거든. 팬터마임."

"오, 그럼 너 데뷔하는 거야?"

나는 박수를 치며 호들갑을 떨었다.

지호는 키가 작지만 자신의 몸을 난쟁이로도 거인으로도 보이게 하는 재주를 가졌다. 지호가 마임으로 표현하는 것을 보면 언젠가는 멋진 마임이스트가 될 것 같다.

"우리 선생님 공연하는데 내가 끼는 거야."

"끼든 어떻든 데뷔하는 거잖아."

"와도 되고 안 와도 괜찮아."

지호는 나한테도 해를 끼치지 않겠다는 목표를 실천하고 있다.

아빠의 죽음을 인정한 뒤 조금은 가벼워진 마음으로 요양병원에 왔다. 할아버지 얼굴이 다행히 밝았다. 감기에 걸려서 밥도 제대로 드시지 못한다는 요양보호사 얘기에 엄마도, 나도 많이 걱정했다.

"왜 혼자 왔어?"

할아버지가 틀니를 드러내며 활짝 웃었다.

"할아버지, 저 재윤이요. 아시겠어요?"

"이 녀석 웃기네. 네가 재윤이지 그럼 누군데."

할아버지 정신이 잠시 돌아왔다.

"어? 눈이 오네."

창밖을 보니 할아버지 말처럼 첫눈이 내리고 있었다. 눈송이가 점점 굵어졌다. 담요로 할아버지를 꽁꽁 싸맨 뒤 휠체어를 밀어 창가 쪽으로 갔다.

"너희 엄마는?"

"엄마는 일요일에 왔잖아요. 이번 주말에 올 거예요."

엄마가 왜 안 오느냐는 질문인 것 같아서 얼른 대답했다.

"아니, 엄마 괜찮냐고."

할아버지 눈빛이 나를 꿰뚫어 보는 듯했다.

"예, 괜찮은데요."

엄마랑 나랑은 요즘 잘 지낸다. 엄마는 자살 유가족 모임에서 있었던 얘기를, 나는 지호에 관한 얘기를 나눴다. 엄마와 나 사이의 공통분모가 늘어나면서 서로의 경계도 조금씩 흐물거린다.

빼곡하게 주름이 잡힌 할아버지 얼굴이 실룩이더니 눈물이 고였다.

"민석이는? 네 아빠는 어디 있냐? 그 녀석이 천하의 불효자야. 어떻게, 어떻게 나를 두고……."

"……"

할아버지가 만약 아빠의 죽음에 관해 묻는다면 어떻게 말을 할까 고민한 적이 있었다. 분명 생각해 둔 답이 있을 텐데 말문이 막혔다.

"크흡, 나쁜 놈. 모두 있는데 민석이만 없어. 민석이만. 그 녀석이 나 여기 두고 안 올 놈이 아니야. 계속 왔거든. 내가 그랬어. 병원 가라고. 민석이가 아주 아팠어. 민석이 간 거지?"

펑펑 내리는 눈이 공중에서 멈췄다. 모든 사물이 내 말에 귀를 기울이는 것 같다. 어른이나 청소년이나 별반 다르지 않다고 생각했지만 지금은 아니다. 어른이라면 할아버지를 위해 좀 더 제대로 된 말을 하지 않을까. 눈물범벅이 된 할아버지 얼굴을 휴지로 닦으며 마음을 다잡았다.

"할아버지도 아빠 아픈 것 아셨구나. 아빠 아픈 거 비밀이라고 했는데. 아빠 지금 완전 다 나았어요."

"정말?"

할아버지는 의심의 눈초리를 지우지 않았다.

"예, 정말요. 아빠 일 잘해서 외국에 파견 근무 갔잖아요. 지금 스위스에 있어요. 스위스에 리기산이라고 있는데 지금은 추워서 안 되고 따뜻할 때 할아버지랑 나랑 엄마랑 같이 오라고 했어요."

아빠가 유럽으로 파견 근무를 가면 좋겠다는 어릴 적 바람을 현실처럼 줄줄 말했다.

내 말에 진실을 더하기 위해 스마트폰에 저장된 사진 중에서 아빠가 겨울철 산을 배경으로 찍은 사진을 보여 드렸다. 할아버지 얼굴에 아까와는 다른 주름이 파이고 잔뜩 웅크려져 있던 몸이 조금 펴지자 안심이 됐다. 아빠는 내가 거짓말하는 것을 싫어했다. 그렇지만 지금 이 모습을 아빠가 봤다면 엄지를 들어 올렸을 거다.

허공에 머물러 있던 눈송이가 다시 바쁘게 움직였다. 눈을 더 구경하고 싶었지만 할아버지 눈이 감겼다가 떴다를 반복했다.

"나 천사 봤어요."

휠체어를 돌리는 사이 할아버지는 어린아이가 되었다.

"어떤 천사요? 예뻤어요?"

"안 예뻤어요."

볼멘소리하는 할아버지가 귀여워서 웃음이 나왔다.

"천사 아저씨가 나중에 나도 천사가 될 수 있다고 했어요. 근데 누나, 천사 아저씨 나랑 정말 비슷하게 생겼어요. 거짓 말한다고 할까 봐 누나한테만 말해 주는 거예요."

"하아!"

저번에도 할아버지는 아빠 등 뒤에 날개가 달렸다고 했다. 휠체어 손잡이를 잡고 간신히 버티는데 요양보호사가 다가왔다.

할아버지가 침대에 누워 잠이 드는 걸 바라보다가 의자에 앉았다. 할아버지에게 묻고 싶은 말들이 쌓여 갔다. 할아버지, 그 천사가 아빠였을까요? 아니, 아빠였어요. 행복하게 보였어요? 천사가 됐으니까 행복하겠죠. 혹시, 혹시 아빠가 나에게 전하라는 말은 없었어요?

요양병원에 오기 전에 나는 수십 번 아니 수백 번을 망설였던 일을 했다. 아빠 스마트폰에 저장된 몇몇 사람들에게 문자를 보낸 거다.

저는 오민석 씨의 딸 오재윤입니다. 저에게 아빠 이야기를 들려주실 수 있을까요? 작은 것이라도 기억 남는 일이 있으면 얘기해 주세요. 만나거나 말하기 불편하시면 메일로 보내셔도 좋아요. 아빠를 사랑하는데 너무 몰라서요.

4

낮잠을 자던 한 남자는 이상한 소리에 잠을 깬다. 삐용삐용. 소리를 따라간 남자는 깜짝 놀란다. 계단 난간 위에 새끼 고양이가 어쩔 줄 몰라 하며 울고 있다.

남자는 걱정하지 말라는 듯이 고양이와 눈인사를 하며 고양이를 구하러 난간 위에 올라간다. 고양이는 남자가 손을 내밀자 기다렸다는 듯이 남자 품 안으로 들어오지만 남자는 중심을 잃고 추락한다. 그런 상황에서도 남자는 고양이를 안고 걱정하지 말라며 쓰다듬어 준다. 떨어지던 남자의 등에서 커다란 날개가 펼쳐지고 남자는 하늘 위로 올라간다.

언젠가 지호한테 들려줬던 이야기다. 아빠가 고양이를 좋아했다고. 아빠가 외부 계단에서 고양이를 구하다가 발을 헛디딘 것은 아닐까 하며 앞뒤 맥락 없이 주절거렸던 이야

184

기를 지호가 펼쳐 보였다.

아빠가 날개를 펼치고 하늘로 올라갈 때는 나도 모르게 손을 뻗었다.

"아빠, 가지 마!"

아빠가 나를 보며 난처한 표정을 지었다. 아빠 품에 있는 새끼 고양이가 빨리 가자며 재촉하는데 아빠는 계속 나를 봤다. 더는 아빠를 잡아 둘 수 없어 떨리는 손을 거두었다. 아빠는 다시 커다란 날갯짓을 하며 위로 올라갔다.

갑자기 쏟아지는 빛에 눈을 감았다 떴을 때 아빠는 사라지고 없었다.

병원 강당에서 환자와 보호자를 대상으로 한 공연이었지만 반응은 뜨거웠다. 공연이 끝나고 꼬마들은 산타클로스로 분장한 지호네 선생님을 에워싸고 사인을 받으며 좋아했다. 그 곁에 지호가 상기된 얼굴로 서 있었다. 나는 지호한테 다가갔다.

아주 멋졌다고, 고맙다고, 이 기억이 살아가는 데 큰 힘이 될 거라는 말을 하려 했다. 그런데 어떤 말도 할 수 없었다.

나는 지호를 안았다. 안는 순간 지호 몸이 뻣뻣한 나무토막처럼 긴장된 것을 느낄 수 있었다. 심장 뛰는 소리가 크게 들렸다. 마임을 모르지만 나도 마임을 하고 있다. 사람이 사람에게 줄 수 있는 최상의 위로를 지호가 나에게 선물했다. 나는 내 마음이, 내 마음이 지호한테 닿을 거라고 믿었다.

지호는 내 등을 한 손으로 몇 번 토닥거리더니 자기 몸을 떼어 냈다.

꼬마들이 호기심이 가득한 눈빛으로 우리를 보고 있었다.

"자, 여기!"

지호가 꼬마들을 집중시키면서 알사탕과 초콜릿을 꺼내 주는 사이 나는 빠르게 로비를 지나쳤다. 휠체어에 앉아 있는 아이가 눈에 띄었다. 지호가 말한 대로 동글동글한 해진이 얼굴에는 어떤 표정도 담겨 있지 않았지만 해진이 시선은 지호한테 닿아 있었다. 언젠가는 지호의 마음이 해진이 마음에도 들어가지 않을까. 그 날이 빨리 오면 좋겠다.

나는 서재에서 그동안 녹음했던 것을 처음부터 들었다. 여러 사람의 목소리를 통해 아빠는 몇 번이고 민석이로, 아저씨로, 또 형으로 되살아났다. 아빠가 사 주던 아이스크림을 볼 때, 아빠가 자주 입던 체크셔츠와 비슷한 옷을 볼 때, 누군가의 정감 있는 눈웃음을 볼 때, 약간은 안짱다리로 걷는 걸음걸이를 볼 때……. 시시때때로 아빠는 나의 일상에 나타났다가 사라졌다. 그럴 때마다 나는 여전히 아프고 그립다.

아빠가 나에게 마지막으로 한 말을 기억해 냈다.

"오늘도 즐겁게, 안녕!"

그때 나는 건성으로 "응."만 했다.

활짝 웃으며 아빠가 나에게 한 '안녕'은 그냥 인사말이 아니라 '아무 탈 없이 편안함'의 의미를 담고 있다. 아빠는 언제나 나의 안녕을 바랐지만 정작 아빠의 안녕은 챙기지 못했다.

이제 나는 진심으로 모두의 안녕을 바라게 되었다. 원뿌리가 잘려 나가도 수많은 곁뿌리 덕분에 서 있는 나무처럼, 나의 안녕이 나에게만 있지 않음을 깨달았기 때문이다.

녹음기를 챙긴 뒤 몇 번이나 망설이다가 베란다 창가로 다가갔다. 그 순간 아찔해서 몸이 휘청거렸지만, 벽을 짚고 감았던 눈을 천천히 떴다. 그리고 마지막 녹음을 시작했다.

7월의 어느 평범한 아침, 나는 간신히 밥 한 공기를 비웠습니다.

"잘 먹었습니다."

의자에서 일어서려는 나를 보며 맞은편에 있던 아빠가 입에 든 음식물을 급하게 삼키고 활짝 웃었어요.

"오늘도 즐겁게, 안녕!"

"응."이라는 짧은 대답 대신 아빠의 약간 처진 눈을 바라보며 다가갔습니다.

"아빠, 내가 완전 엄청 사랑하는 거 잘 알지?"

아빠 얼굴에 주름살이 가득 찬 것도 잠시, 아빠 모습이 점점 희미해졌습니다.

"아빠도 언제나 즐겁게, 안녕!"

늦었지만, 늦었다고 할지라도 온 마음을 다해 아빠를 꼭 안아 주었습니다.

내 삶의 한 시절을 함께했던 사람이 더는 이 세상에 존재
하지 않는다는 사실을 문득 깨달을 때가 있습니다. 언제든
마음만 먹으면 함께할 시간이 있을 거라고 생각했어요. 그런
데 그럴 수 없는 겁니다. 맛있는 것도 같이 먹고 여행도 가고
유치한 농담을 하며 웃고, 사랑한다든지 고맙다든지 말할
수 있는 그런 시간이 더는 오지 않는 거예요.

이 이야기는 누군가 떠난 뒤에 후회하거나 소중한 일상을
놓치지 않았으면 하는 바람에서 시작되었습니다.

산다는 일에는 어쩌면 기쁨보다는 슬픔이 더 많을지 모릅
니다. 또 시시때때로 하필, 왜, 나만 이런 일을 겪는지 이해
할 수 없는 순간을 만나게 되기도 하고요.

왜 이런 일이 일어나는 거야? 세상이 너무 불공평하잖
아? 내가 뭘 잘못했는데? 수많은 질문과 감정의 폭주 속에
서도 변하지 않는 것은 되돌릴 수 없다는 사실뿐이지요. 홀

로 감당하기 어려운 문제를 만난 누군가에게 그럴싸한 조언을 해 주고 싶지만, 수많은 시행착오를 겪은 저 역시 그때마다 흔들립니다. 하지만 한 가지만은 분명하게 말씀드릴 수 있어요.

내가 겪는 일은 나뿐 아니라 누구든지 부대끼며 겪을 수밖에 없는 일이고, 언젠가는 지나갑니다. 모쪼록 분노하고 슬퍼하고 후회를 하더라도 혼자만의 동굴을 만들지 말라는 당부를 드립니다. 꼬박꼬박 밥을 챙겨 먹고, 햇볕도 쬐고, 손을 내밀어 보세요. 사랑하는 사람, 또는 예상하지 못한 존재와 시간을 나누다 보면 숨이 턱턱 막히는 슬픔도 옅어지고, '끝'이라고 여긴 내 삶도 다시 시작됩니다.

누군가로 인해 내가 살아가고 나로 인해 타인이 살아갈 힘을 얻는 것, 우리가 말하는 기적은 대부분 이렇게 이루어집니다.

이 이야기를 쓰면서 재윤이와 지호한테서 많이 배웠고, 덕분에 내가 조금은 자랐습니다. 사랑하는 사람을 떠나보낸 수많은 재윤이, 지호가 잘 지내면 좋겠습니다.

서화교

낮은산 23
키큰나무

내가 만드는 엔딩

2021년 11월 25일 처음 찍음

지은이 서화교
펴낸곳 도서출판 낮은산 | 펴낸이 정광호 | 편집 조진령 | 디자인 소요 이경란 | 제작 정호영
출판 등록 2000년 7월 19일 제10-2015호
주소 04048 서울시 마포구 어울마당로5길 16 반석빌딩 3층
전화 02-335-7365(편집), 02-335-7362(영업) | 팩스 02-335-7380
홈페이지 www.littlemt.com | 이메일 littlemt2001ch@gmail.com | 트위터 @littlemt2001hr
제판·인쇄·제본 상지사P&B

ⓒ 서화교 2021

ISBN 979-11-5525-147-8 43810

* 이 도서는 한국문화예술위원회의 2021년도 아르코문학창작기금 지원사업에 선정되어
  발간된 작품입니다.